FORAGIDOS DO TEMPO

O ÚLTIMO DOS MENINOS PERDIDOS

CB021172

N. D. WILSON

FORAGIDOS DO TEMPO

O ÚLTIMO DOS MENINOS PERDIDOS

 Pilgrim  THOMAS NELSON BRASIL

Publicado originalmente em inglês por HarperCollins Publishers, como *Outlaws of Time: The Last of the Lost Boys*. Copyright do texto © 2018 por Nathan Wilson. Copyright das ilustrações © 2018 por Forrest Dickison. Traduzido e publicado com permissão da HarperCollins Children's Books, uma divisão da HarperCollins Publishers, 195 Broadway, New York, NY 10007

Copyright da tradução © Pilgrim Serviços e Aplicações LTDA., 2023.

Todas as citações bíblicas foram extraídas da Versão *Almeida Século 21* (A21), salvo indicação em contrário.

Os pontos de vista dessa obra são de responsabilidade dos autores e colaboradores diretos, não refletindo necessariamente a posição da Pilgrim Serviços e Aplicações, da Thomas Nelson Brasil ou de suas equipes editoriais.

Edição: *Guilherme Cordeiro Pires e Brunna Prado*

Tradução: *Marcos Otaviano*

Preparação: *Daniela Vilarinho*

Revisão: *Beatriz Lopes, Gabriel Lago e Mariana Santana*

Capa e ilustrações: *Forrest Dickison*

Adaptação de capa para edição brasileira: *Matheus Faustino*

Diagramação: *Aline Maria*

CIP – BRASIL. CATALOGAÇÃO NA FONTE
SINDICATO NACIONAL DOS EDITORES DE LIVROS, RJ

W72f

    Wilson, N. D

      1. ed

    Foragidos do tempo: o último dos meninos perdidos / N. D. Wilson; tradução Marcos Otaviano. – 1. ed. – Rio de Janeiro: Thomas Nelson Brasil, 2023.

      224 p.; 13,5 × 20,8 cm.

    Título original: *Outlaws of Time: The Last of the Lost Boys*.

    ISBN: 978-65-5689-647-2

    1. Aventuras. 2. Fantasia – Literatura infantojuvenil. 3. Ficção – Literatura infantojuvenil. I. Título.

03-2023/24   CDD 813

Índice para catálogo sistemático:

1. Ficção: Literatura infantojuvenil 813

2. Ficção: Literatura juvenil 813

    Aline Graziele Benitez – Bibliotecária - CRB-1/3129

Todos os direitos reservados a Pilgrim Serviços e Aplicações LTDA.

Alameda Santos, 1000, Andar 10, Sala 102-A

São Paulo — SP — CEP: 01418-100

www.thepilgrim.com.br

Para *mi* Marisol, certamente
um mar ensolarado.

PRÓLOGO

A MORTE É UMA PARTIDA. Um quarto deixado vazio. Um sonho sonhado e evanescente. Um suspiro elevando-se numa noite fria e desaparecendo sob estrelas distraídas. A morte é você seguindo em frente. Deste momento. Deste dia. Deste corpo. Deste lugar para o outro. De uma margem de rio para a outra.

A morte é um tipo de nascimento. Em outro lugar. Em outro tempo. Outro você. Para aqueles foragidos que pulam as fronteiras do tempo, é o mesmo, mas, ainda assim, não é. Um de você se encontra com outro de você e, por um momento, vocês ficam olhando nos próprios olhos. Mas um de vocês partirá para estar no outro. O corpo mais fraco sucumbe, vazio. O corpo mais forte recebe e continua vivendo. É assim com todas as coisas vivendo no tempo… até os foragidos. Sua alma não pode habitar dois corpos no mesmo momento e no mesmo espaço. Um corpo — um espaço — deve ser deixado vazio.

1

Fogo estranho

DESDE ONTEM, O MUNDO ESTAVA ACABANDO. Alex tinha certeza disso.

Depois que sua mãe foi dormir, o pai dele caiu no sono sobre a máquina de escrever na mesa da cozinha. Desde as memórias mais antigas de Alex, tal coisa nunca tinha acontecido. Durante a vida inteira, Alex se perdia aos sons de teclas e sinetas da velha máquina e frequentemente acordava com eles também, com a luz matinal entrando pela alta janela do quarto e iluminando o beliche ao som da percussão do pai, martelando tinta através de fita sobre papel envolto num rolo. Esses martelinhos disparados pelos dedos marchavam por noites incontáveis, ordenando histórias à existência, marcando cada momento dos sonhos de

Alex. Até mesmo no velho casarão, quando o pai dele ainda tinha dinheiro do que havia escrito e as irmãs mais velhas moravam com eles, os fracos sons do alfabeto de aço dois andares abaixo pontuavam os inquietos rangidos e suspiros dos ruídos noturnos. Mas agora, naquela casa geminada de um andar e cor de mostarda, que dividia uma parede com uma família coreana de três pessoas, o som viajava por um corredor curto e preenchia o quarto de Alex completamente, amplificado pela porta leve e oca.

Por isso, quando a digitação parou, os sonhos de Alex também pararam. Seus olhos se abriram de repente e ele subitamente estava sentado na cama. Do beliche, olhando janela afora, ele soube que a manhã ainda não viria por horas. O silencioso brilho do inverno preenchia o quarto de Alex, e ele reconhecia cada forma e sombra no chão: os tênis, a bola de basquete, o cesto de roupa caído. A escuridão não era possível com lisos lençóis de neve sobre toda superfície horizontal e a geada congelada como uma armadura ao redor de todo poste, fio e cerca. Luz, qualquer luz, refletia, ricocheteava e se mantinha viva nesse inverno tão branco, mas também chegava em silêncio, sem os sons diurnos do tráfego e das vozes.

Alex balançou os pés descalços na lateral do beliche, e faíscas estáticas estalaram e estouraram na calça de moletom que ele tinha vestido para dormir. As barras de elástico da calça subiram acima das panturrilhas e se prenderam ao redor dos joelhos quando ele pulou sobre o que, à luz do dia, seria o carpete cor de ervilha desgastado e fosco. À noite, a cor era um cinza-escuro, quase como concreto. A sensação de plástico desgastado sob os dedos era exatamente a mesma.

Sem camisa, Alex saiu para o corredor e piscou diante da intensidade da luz da cozinha. O ar estava frio. Frio demais. E ele conseguia ver as costas do pai, arredondadas para a frente, e o braço direito dele pendurado desengonçadamente ao lado da cadeira.

— Pai? — Alex tentou um meio sussurro, mas a palavra se agarrou em sua garganta. Com frio, ele foi para a frente, esfregando os ombros quando calafrios lhe subiram pelas costas. Os músculos do peito e dos braços tremeram abaixo da pele.

Parando na entrada do corredor, Alex observou a estranha cena. À sua esquerda, a pequena sala de estar. Sofás que sua mãe tinha reestofado parcialmente, estantes de livros, uma TV velha e uma árvore de Natal de longas folhas desgrenhadas, densa com enfeites caseiros e com o brilho de grandes luzes coloridas. À direita dele, a minúscula sala de jantar e cozinha: quatro cadeiras, mesa redonda, máquina de costura e banquinho, máquina de escrever e o pai, inconsciente.

A porta da frente estava escancarada. Vinda de fora, uma trilha de pegadas com neve estava marcada sobre o carpete bronze-escuro, passando pelos sofás flácidos, pela árvore, pela velha TV com a antena torta, chegando à cozinha, ao lado da mesa onde a cabeça cacheada do pai descansava sobre as teclas da máquina de escrever. As pegadas de neve formavam pequenas poças sobre o linóleo ao lado da cadeira do pai, mas elas ainda não tinham derretido completamente. Os pés que as formaram tinham saído não havia muito tempo.

Com os olhos na porta da frente, Alex foi rapidamente para o pai. Não havia papel na máquina de escrever e nenhuma folha sobre a pequena mesa, onde seu pai normalmente empilhava as páginas terminadas conforme trabalhava. Seu sardento braço esquerdo estava esticado sobre a mesa, com a palma da mão para cima e os dedos calejados dobrados. A manga estava puxada sobre o braço, e uma faixa de sangue corria da pele macia na parte interna do cotovelo e formava uma poça escura do tamanho de uma moeda. Ainda pegajoso. Não coagulado.

— Pai — Alex falou de novo e, desta vez, colocou a mão sobre as costas do pai. Costelas se inflaram sob o toque de Alex quando os pulmões do pai se encheram. Não estava morto.

O alívio de Alex não durou muito. As pegadas, o sangue, as páginas sumidas. Ele não poderia deixar a porta da frente aberta e simplesmente voltar para a cama.

Nas pontas dos pés descalços, evitando as pegadas de neve, ele pulou rapidamente para a porta, pronto para fechá-la com força e trancá-la.

Mas ele não o fez.

Folhas de papel queimadas e queimando estavam espalhadas pelo jardim da frente, manchando a brancura perfeita da neve com marcas pretas esvoaçantes e brilhos alaranjados instáveis. As folhas em chamas chiavam e estalavam sobre a neve, e o ar gélido cheirava, estranhamente, a bacon. Labaredas dançavam em seus próprios funerais, diminuindo juntamente com as páginas e, conforme a neve derretia, as apagava.

Alex se esqueceu de tremer. Ele se esqueceu completamente de sua pele enrijecida pelo frio e de seus pés descalços e foi para fora, sobre o degrau de concreto congelado. As chamas pontilhadas sobre o jardim estavam ofuscadas pela aurora boreal no céu.

Fogos azuis e verdes pulsavam através das estrelas invernais, fluindo como inexplicáveis cachoeiras ardentes, enquanto erupções fervilhantes da mesma luz estranha apareciam para se juntar a eles.

As faixas de fogo cósmico formavam um túnel irregular acima de Alex, um túnel acima do mundo inteiro e, pela primeira vez, Alex sentiu que o que seus professores lhe contaram na escola poderia ser verdade. Ele estava em pé sobre uma esfera girando entre as estrelas. Ele vislumbrava as faixas de fogo, a estrada flamejante dos planetas e elas estavam dançando e pulando ao passo de uma música que ele não conseguia ouvir e de um ritmo que ele não conseguia captar, em velocidades que ele não conseguia compreender.

Neve rangeu debaixo de uma bota atrás dele, mas, antes que pudesse se virar, um braço grosso passou por cima da sua garganta. Dedos fortes seguraram sua nuca e, por todo lado, a neve, o céu e o cosmos louco sumiram.

Dois homens estavam diante de uma casa geminada com a porta da frente aberta. Um era alto e magro, com cabelo branco e curto. O outro era gordo e careca. Um garoto descalço caiu inconsciente sobre a calçada, aos pés deles. Fragmentos de folhas de papel queimadas rolavam sobre a neve.

— Deveríamos ter lido tudo antes e queimado depois — o homem magro falou.

— Não tem depois — o careca respondeu. — Nós lemos o bastante. Era uma mensagem. Para alguém. Lendo. Em algum tempo. Sobre os planos da nossa mestra. — Ele olhou para cima subitamente, como se assustado pelo céu invernal. — Vamos rápido. Antes que os pássaros voltem.

Alex se mexeu e piscou, tremendo. Mas os calafrios não eram reais. Ele estava quente. No beliche. Uma clara manhã entrava pela janela, iluminando a escrivaninha bagunçada com vários lápis e rascunhos amassados, o carpete verde, o cesto derrubado, o pôster de um grande jogador do seu time de futebol americano favorito. Ele ouviu torradas pulando da torradeira e bacon fritando. Seus pais estavam rindo baixinho, falando com as vozes baixas que eles sempre usavam quando estavam tentando não acordá-lo.

Os estranhos eventos da noite anterior não se pareciam nada com um sonho, mas ele não tinha memória alguma de voltar para a cama, ou mesmo para dentro de casa. Momentos atrás, ele estava em pé do lado de fora, vendo páginas em chamas voando sobre a neve, e as luzes verdes e flamejantes derramando-se dos céus, e então um agarrão repentino na garganta. Foi isso. Próxima parada: agora. Normal. Mas seu corpo estava se apegando ao sonho, ao cheiro de papel queimado, ao concreto congelado sob seus pés…

Alex chutou os cobertores, jogou as pernas sobre a lateral do beliche e se sentou, encurvando-se um pouco para não bater a cabeça no teto baixo e nas minúsculas e afiadas estalactites de gesso que, por alguma razão inexplicável, estavam pontilhadas com glitter dourado.

O céu inteiro estava cheio de fogo estranho.

Alex apertou os olhos com as mãos. Com os olhos fechados, ele ainda conseguia ver a luz caindo. Um sonho podia te deixar com essas imagens marcadas assim, que nem olhar para o sol? Talvez. Levando os dedos para o cabelo, ele os passou pelos fios grossos e pretos, arrumando um pouco o penteado e também a mente.

O mundo real estava bem diante dele, tudo em ordem e bem onde ele o tinha deixado quando foi dormir. Era a sua vida.

O quarto era pequeno e cada centímetro estava desgastado, desde o carpete nos cantos até as portas ocas do armário, que estavam perdendo o verniz. Quando a casa foi construída nos anos 1960, os construtores não estavam pensando a longo prazo. As paredes internas balançavam quando Alex as empurrava e brisas frias se infiltravam pelas tomadas da parede externa e pelo canto externo atrás da estante de livros. Camadas de condensação congelada tinham se acumulado em pequenos bastões de gelo na parte interna da estrutura de metal da janela e o peitoril sempre estava úmido.

Alex tinha poucas coisas e, como resultado, ele se importava com todas elas, até mesmo as coisas para as quais ele já tinha ficado velho. O urso, o pequeno rinoceronte com asas e o cavalo de taco (uma cabeça de veludo marrom que sua mãe tinha costurado na ponta de um velho taco de hóquei), todos moravam no beliche abaixo dele com um dragão rasgado que foi feito em casa, uma orca caolha e uma marionete de tubarão caolho. Ambos os olhos foram perdidos em batalhas contra as irmãs mais velhas na casa antiga. Como a orca era pesada feito um saco de pancadas e o tubarão era só uma luva de boxe de pelúcia, as irmãs tinham banido essas armas como se fossem completamente antiéticas. Porém, quando atacado com travesseiros ou cócegas, Alex as usava sem pedir desculpas e com grande efetividade. Uma dúzia de bonequinhos de soldado (alguns com buracos de bala criados por agulhas aquecidas com fósforos) estava organizada numa terrível derrota sobre uma pequena prateleira montada ao lado de uma velha lata de tinta cheia de peças de Lego compradas em bazares, que eram de conjuntos diferentes. Eles não eram tocados havia anos.

A escrivaninha era onde Alex passava o tempo, com uma prateleira encaixada ao lado dela. Acima do móvel, pendurado num prego, ele mantinha um calendário de 1978 que já tinha quatro anos, cada mês adornado com uma vívida pintura de hobbits, orcs ou elfos. Não servia de muita coisa para contar os dias em 1982, mas o levava a mundos e tempos diferentes sempre que ele se sentava ali com o lápis na mão. Ele mudava o mês pelo menos uma vez por semana.

A metade de cima da estante de livros abrigava os volumes mais revisitados por ele: três do Velho Oeste, quatro épicos de ficção científica, dois livros de espiões e uma pilha de quadrinhos de Samuca dos Milagres, todos de autoria do pai, juntamente com um conjunto desgastado de *Nárnia*, *O Hobbit*, e um conjunto dos livros brochura de *O Senhor dos Anéis*, com páginas amareladas que tinham o cheiro exato (Alex tinha toda a certeza) da Terra Média. Essa trilogia estava guardada ao lado de uma resma sagrada de páginas escritas a máquina e com uma capa azul sem marcações. Escrita para Alex e somente para ele, era um conto de um garoto (de mesmo nome) aventurando-se por dúzias de portais misteriosos ao lado de uma equipe de personagens e heróis jovens que eram muito mais legais do que ele. Esses personagens tinham se tornado seus melhores amigos no mundo, reais ou imaginários. Seu pai havia escrito a história para ele e aquele era o único exemplar existente. Alex a tinha lido pelo menos vinte vezes e a amava com um amor profundo, mas com remorso. Ele queria que seu pai não tivesse feito o personagem principal tão completamente parecido com ele. Era constrangedor, mesmo lendo sozinho. Quando o Alex fictício ficava ao lado dos outros garotos — Ciro, Henrique, Tom, Carlinhos, Algodão, Zeca, Homero, Samuca dos Milagres —, parecia patético demais. Ele não sabia pilotar um avião nem jogar bolas de fogo. Nunca havia descoberto tesouros antigos, nem batalhado contra monstros do pântano, nem enfrentado uma bruxa engolidora de almas com nada além de um taco de beisebol. Ele definitivamente não tinha cascavéis nos braços como Samuca, nem conseguia imaginar como seria caminhar pelo tempo. Nas páginas do pai, ele era só o Alex com o cabelo escuro e o sorriso lento, o Alex que sempre fazia as perguntas óbvias e se preocupava com cada possível desastre. E, comparado às garotas naquelas páginas, Alex se sentia ainda pior quanto ao próprio personagem. Elas eram aventureiras destemidas, andarilhas do tempo e lendas. E nenhuma delas jamais ficava impressionada com o Alex fictício.

Ele queria que o pai escrevesse uma continuação, mas também queria que o pai deixasse seu personagem mais legal. Ele pediria… se tal pedido não fosse tão constrangedor.

Alex pulou para o chão e pegou a camiseta de Star Wars da pilha do cesto, vestindo-a enquanto caminhava pelo corredor. Aos treze anos, ele não tomava mais café da manhã sem camisa.

De início, seus pais não o notaram. Eles estavam lado a lado na minúscula cozinha, com as cabeças abaixadas e as mãos ocupadas. O pai estava passando manteiga no pão caseiro com sementes feito pela mãe, e a mãe estava fazendo ovos mexidos, batatas rosti, pimentões e queijo na mesma frigideira. O bacon já estava na mesa, esfriando num prato ao lado da máquina de escrever do pai… e de uma alta resma de páginas terminadas que obviamente não haviam sido queimadas no jardim da frente na noite anterior.

— Mas parece preciso? — sua mãe perguntou.

— Não importa como parece — o pai respondeu. — É tudo que eles me contaram e tudo que eu lembro. Terminei. Não vou mexer mais nisso, a menos que seja necessário. Vou seguir em frente. Se eles não gostarem, podem voltar de onde sumiram e me darem mais detalhes.

Alex pegou a tira de bacon mais rechonchuda do prato e a enfiou na boca.

— Terminou o quê? — Alex olhou para a pilha de folhas. — Um livro novo? Posso ler?

— Bom dia, Alexandre — sua mãe disse, sorrindo. — Espero que esteja com fome. Pegue um prato.

Alex pegou a página de cima, lendo o título em voz alta:

— *A Canção de Espectro e Glória*. É assustador?

— De algumas formas — seu pai respondeu. — E, sinto muito, você não pode ler. Ainda.

— Mas você disse que tinha terminado — Alex argumentou. Ele abriu a resma e um único nome saltou aos seus olhos no meio de uma frase.

Samuca dos Milagres

— Pai! Samuca? Sério? — Alex pegou a pesada resma da mesa. — Você vai ter que me deixar ler agora!

Judá pegou as folhas das mãos de Alex. Alex deu um passo para trás, com um susto, olhando diretamente para os olhos verde-acinzentados do pai. Normalmente brilhantes de riso e combinando com os traços fortes do rosto dele, agora estavam carregados por uma fadiga obscura. Seu cabelo cacheado ainda estava bagunçado da noite anterior.

E então Judá Monroe passou ao lado do filho e desapareceu pelo corredor, em direção ao quarto.

Alex olhou para a mãe.

— Me desculpa. Era para ser um presente de Natal ou algo assim? Eu estraguei tudo?

Mila Monroe balançou a cabeça com os lábios apertados e o olhar apreensivo. Seu longo cabelo, quase sempre arrumado numa trança grossa, tinha acabado de começar a mostrar faixas de neve entre o ouro, e suas mãos fortes e articuladas, sempre avermelhadas pelo trabalho na cozinha, estavam criando rugas mais rapidamente do que os cantos dos olhos.

— Mãe? Eu estraguei alguma coisa? — Alex perguntou de novo.

— Não, querido. É só uma coisa difícil em que seu pai tem trabalhado há muito, muito tempo. Algo que ele tem que fazer, não algo que ele quer fazer por diversão. Algumas das coisas que seu pai escreve são inventadas. E algumas são mais como… mensagens, lições e previsões de pessoas muito específicas no futuro, para pessoas muito específicas no futuro. — Cansada de esperar que o filho levasse um prato para ela, Mila pegou um do armário e serviu uma grande colherada de delícias quentes.

— Não entendi. Mensagens? Se são sobre Samuca…

— Você não precisa entender — Mila falou, entregando o prato pesado para ele. — Não ainda. Mas precisa comer.

— Você pode ler — Judá falou, entrando de novo na sala de jantar e sentando-se na cadeira oposta ao lado da máquina de escrever. — Mas não agora. Não até eu ter certeza de que ninguém mudou nada e a história já parou de mudar. Eu vou pegar algo da biblioteca para você, se você estiver sem nada para ler.

— Eu tô sempre sem nada para ler — Alex respondeu, cutucando os ovos mexidos. — Tolkien já morreu.

Judá riu. Mila sorriu, mas não um sorriso de compreensão; mais um sorriso de gratidão, porque a conversa estava seguindo em frente. Alex sabia que ela não entendia por que uma pessoa iria querer ler sobre orques, gobelins e coisas difíceis e imaginárias, quando coisas difíceis e reais estavam prontamente disponíveis para serem feitas. Às vezes, ele se perguntava o que ela pensava sobre os livros do pai dele… Se ela gostava deles tanto quanto gostava de cozinhar. Não, isso não era justo, nem de longe. Ela não gostava de nada tanto quanto gostava de cozinhar. Exceto os seus amados… e ela até parecia gostar ainda mais deles quando estavam com fome.

Alex certamente não se importava. Ele tinha visto o conteúdo das lancheiras dos colegas. Já tinha comido na casa deles e sabia que sua mãe era única entre as mulheres. Ele não se lembrava da última vez que não tinha uma torta de fruta na geladeira, e a mãe dele preferiria morrer antes de usar um pão industrializado ou pagar a uma empresa por geleia de framboesa quando ela podia fazer a própria geleia e superar de lavada o sabor da comprada no mercado.

Manteiga de amendoim, por outro lado, era uma coisa completamente diferente. Ela amava Amendocrem. E sempre ficava fascinada com as laranjas no inverno. E bananas, abacates e uvas enormes. Essas eram as coisas que traziam alegria para ela, porque eram impossíveis para a sua família quando era jovem.

Quando Mila descreveu para Alex a velha fazenda de família, os invernos brutais, a luta dela para sobreviver depois que os pais morreram, ele tinha começado a entender por que o mercadinho era o lugar favorito da mãe em todo o mundo. Ainda que tivesse um corredor inteiro de pão industrializado…

Conforme o peso aconchegante da perfeição do café da manhã preenchia Alex, todos os pensamentos sobre as páginas soltas do pai começaram a sumir. Juntamente com as teias de aranha daquele sonho estranho. Hoje seria um bom dia. Ele iria desenhar. Talvez planejar uma história sozinho. Ler.

— Se você tiver terminado, limpe a neve da calçada e eu vou te levar à biblioteca — o pai dele disse.

— Limpar? Nevou ontem à noite? — Alex passou o garfo no prato.

— Uma nevasca. Pelo menos quinze centímetros — Judá apontou para o braço de Alex. — O que aconteceu aí?

Alex olhou para a pele na parte interna do cotovelo. Uma faixa irregular de sangue seco surgiu de uma picada no centro de um hematoma menor que uma moedinha. Igual ao que ele se lembrava de ter visto no braço do pai na noite anterior.

Alex esfregou o braço, assustado.

— Não sei. — Alex olhou para o braço do pai, mas Judá estava usando mangas.

Mila se aproximou, segurando a mão de Alex e esticando o braço dele.

— Eu tô bem — ele disse. — Não tá doendo. Não sei o que aconteceu.

Sua mãe testou o hematoma com o polegar e então se concentrou no pai. Alex observou os olhos azuis dela. Ferozes. Arregalados. Pálpebras tremendo.

— Se alguém pegou seu sangue... — O pensamento se perdeu.

Alex se levantou rapidamente e saiu da cozinha, indo em direção à porta da frente.

— Vou limpar a neve. Agora mesmo — ele falou.

Ele colocou os pés descalços nas botas do pai, forradas com lã e já pequenas nele, e saiu de casa. Vozes surgiram como uma erupção atrás dele.

— Judá! — sua mãe falou. — Isso não pode estar acontecendo. Você sabe que aquela mulher ainda está por aí em algum lugar.

— Por aí — o pai dele respondeu. — O que não significa que ela esteve aqui.

Alex fechou a porta. A voz do pai estava audível, mas abafada, intercalada pela da mãe.

— Certo — Alex falou, olhando para a picada com sangue no seu braço. Calafrios já estavam ao redor dela. Ele estava sem casaco e sua camiseta não era muito melhor do que nada. Pulando de um pé ao outro, espremendo neve fresca debaixo deles, pegou a velha pá de neve do lado da porta e concentrou-se na calçada. Seu pai estava errado: tinha pelo menos trinta centímetros de neve.

Alex odiava realizar essa tarefa. A verdade era que ele odiava a maioria das coisas que eram fisicamente extenuantes, coisas que o deixavam dolorido e suado, com bolhas nas mãos e o pulsar martelando nos ouvidos.

— Bem, pelo menos, limpar a neve vai me deixar quente — Alex se confortou.

Ele partiu contra a calçada como um furacão, lançando pilhas fofas para os dois lados enquanto marchava à frente, escavando um caminho com paredes precárias e instáveis.

Instantaneamente, ele se imaginou numa história. Alex Monroe, trabalhando freneticamente para escavar um caminho depois de uma avalanche. Trabalhando para desenterrar seus irmãos de batalhão. Ou hobbits. Ele não era só um garoto tímido crescendo numa casinha minúscula, sem amigos e sem vida. Ele era necessário. Pessoas morreriam sem ele.

— Aguentem aí — Alex falou para seus amigos imaginários soterrados. — Eu tô chegando, tô quase aí. — Seus braços trabalharam mais rápido. Os ombros e a lombar doíam. As palmas ardiam. Ele estava na metade do caminho até a rua, respirando com força, começando a suar. Tempestades de neve não poderiam derrotá-lo.

— Alex! — O grito pertencia ao vizinho coreano de meia-idade, Chong-Won. Alex desacelerou um pouco, mas não parou. — Precisa de um casaco?

— Não, valeu! — Alex gritou e reacelerou, grunhindo e arfando. Ele estava quase na rua. Estava quase conseguindo.

Não seria necessário viajar por dentro das Minas de Moria, afinal. Ele, Alex Monroe, com a força de suas costas e braços, com sua determinação crua, guiaria Gandalf e os hobbits em segurança para o outro lado das montanhas.

Escavar uma última vez. Um último esforço. A neve voou e bateu fofa ao lado da calçada. E, dentro dela, algo preto chamou a atenção de Alex. Arquejando, sua respiração criando nuvens no ar gélido, Alex se apoiou na pá. No ar frio, vapor estava surgindo de sua pele. Normalmente, isso o teria feito sentir-se heroico, mas agora ele estava distraído. Com os dedos, remexeu a neve solta ao seu lado e tirou um fragmento de folha de papel queimado, congelado e duro. Tinha o formato do estado do Texas, pequeno, e só as pontas queimadas estavam pretas. As letras eram digitadas em vermelho-escuro e todas elas soltavam nuvens rosa pela umidade.

Cinco linhas parciais estavam visíveis.

ras perversas
cego e ensanguentado, Alexand
Glória se esticou, mas não conse
re dos Milagres sab
á morto.

Alex olhou para o céu da manhã, cinza e frio, marcado com manchas azuis. Perguntas incontáveis estavam borbulhando na sua mente, mas todas elas eram causadas por um único fato muito desconfortável.

A noite passada não fora um sonho. Desde as pegadas de neve no carpete até o fogo caindo do céu e o braço em seu pescoço. Ele estava com a prova nas mãos. Alguém tinha pegado seu sangue? Mas por que fariam isso?

Seu mundo estava acabando. Disso, Alex tinha certeza.

E ele não estava errado.

2

A primeira sombra

ALEX ESTAVA EMPURRANDO O CARRINHO DE COMPRAS para a mãe. Isso significava que ele estava com a cabeça abaixada sobre a barra e caminhando atrás de Mila, olhando para dentro do carrinho enquanto ela ocasionalmente depositava produtos ali. O casaco fofo dele fazia barulho sempre que ele respirava, e as pontas de borracha das botas emprestadas guinchavam quando as arrastava sobre o chão de linóleo.

Sua mãe não parecia se importar. Ela nem parecia notar. No mercado, o conteúdo das prateleiras requeria a atenção total dela. Normalmente, essa atenção era alegre e ávida, mesmo quando o dinheiro estava curto. Não neste momento. Hoje, Mila estava inquieta, sussurrando dentro do cachecol vermelho enrolado no pescoço e no queixo, ou puxando a longa trança enquanto examinava os preços, e olhando para a frente e para os lados no corredor estreito sempre que ouvia outro carrinho.

A loja estava decorada com tons de laranja, desde as lâmpadas alaranjadas até o piso cor de creme e ferrugem. Bandeiras marrons e cor de abóbora não eram apenas para o Dia de Ação de Graças; eram para o ano todo. E agora elas estavam usando guirlandas feitas com festão verde e vermelho brilhante para assegurar aos clientes que a loja sabia que o Natal estava chegando e que os pequenos e terríveis alto-falantes no teto não estavam tocando "*Jingle Bells*" por engano.

Alex tinha passado a manhã na biblioteca com o pai, mas o tempo deles juntos foi igualmente silencioso antes, durante e depois. Um sanduíche de silêncio. Judá pegou uma pilha de livros para si mesmo e se acomodou em uma das poltronas na velha ala infantil da biblioteca Carol Ryrie Brink, com arquitetura do estilo Álamo, bem ao lado da lareira. Alex se alojou na outra cadeira, virando páginas de quadrinhos e tentando encontrar a pergunta certa para fazer ao pai, juntamente com a coragem para isso. Quem queimou um dos seus livros no jardim ontem à noite? Posso ver o seu braço esquerdo? Roubaram o seu sangue? Você já digitou com tinta vermelha? Essas eram as coisas que Alex pensava, mas pareciam doidas e ele não teve coragem de perguntar.

Um carrinho rangendo passou pelo final do corredor e Mila focou o olhar nele, praticamente segurando a respiração. Quando o carrinho saiu de vista, Mila afrouxou o cachecol e o deixou pendurado sobre os ombros. O rosto dela estava corado.

O problema com o inverno, Alex sabia, era o calor. Todo mundo se vestia para os poucos minutos que passariam no frio, mas aí passavam horas usando lã e tecidos térmicos em ambientes fechados e completamente aquecidos. Ele conseguia sentir o suor sobre todo o peito, mas nem pensou em tirar o casaco. Onde o colocaria? Ele tinha outras coisas para se preocupar.

— Alguém foi lá em casa ontem à noite? — ele perguntou à mãe. — Depois que eu fui dormir?

Mila pegou uma caixa grande de uvas-passas. Ela pausou, mas não olhou para o filho. Alex odiava uvas-passas e ele sabia que ela sabia.

— Por que *você* não me fala? — ela perguntou, estudando os ingredientes. — Alguém foi? Eu estava dormindo.

Alex não respondeu. A mãe se virou e o encarou.

— Eu não gosto de uva-passa — ele disse, apontando para a caixa na mão dela.

Ela as colocou no carrinho diante dele.

— Em uma aventura, uvas-passas podem salvar sua vida. Ou em uma ilha deserta. Pergunte a Robinson Crusoé. Aprenda a gostar delas. Agora, me diga por que você está me perguntando. É o seu braço? Do que você se lembra?

Alex não tinha a intenção de chamar a atenção para si. Ele se ajeitou lentamente, segurando a barra do carrinho.

— Pode ter sido um sonho. Eu não sei o que aconteceu.

— Você normalmente sangra nos seus sonhos? — Mila perguntou. — Eu sei que seu pai não, e ele sonha livros inteiros. Eu já o vi escrever dormindo, mas nunca sangrar dormindo.

Alex respirou fundo e mordeu o lábio.

— O papai tava apagado. Dormindo ou inconsciente. Por cima da máquina de escrever. E as folhas dele tinham sumido. Como se ele não tivesse trabalhado em nada, mas eu sei que tinha. E a porta da frente tava aberta.

Mila observou os olhos do filho.

— Você viu alguém? Alguma coisa? Você saiu de casa?

Alex não sabia o quanto dizer. Definitivamente, nada sobre o braço em seu pescoço. Não que ele não confiasse nela. Ele confiava. Mais do que em qualquer pessoa. Mas só porque não queria que ela entrasse em pânico e ele sabia que ela reagiria assim. Com entusiasmo.

— Você conhece as histórias do papai? — Alex perguntou subitamente.

Mila piscou.

— Como assim? Claro que conheço. Por quê?

— Você as leu? Especialmente as histórias dos Milagres, aquelas sobre Samuca.

Mila levantou as sobrancelhas.

— Acho que conheço essas histórias ainda melhor do que o seu pai. Exceto pelos quadrinhos. Eles ficaram meio bobos. Por que está me perguntando isso?

Alex enfiou a mão no bolso da calça de moletom. O pedaço de folha tinha derretido. Agora, estava encharcado e amassado.

— Tinha pegadas dentro de casa. E um monte de folhas do papai estavam queimando na neve lá fora. E tinha aurora boreal. E aí alguém veio por trás de mim e, quando acordei, eu já tava em casa. Achei que tinha sido um sonho estranho, até eu encontrar esse pedaço de uma das folhas queimadas quando estava limpando a neve. É uma história sobre Samuca. E um personagem nela tem meu nome.

Alex pegou o pedaço e o deu para a mãe. Mila o alisou rapidamente na mão.

— A tinta é vermelha — Alex acrescentou. — E o papel é bem estranho.

Uma voz vinda dos alto-falantes da loja interrompeu a música de Natal. Alguém estava sendo chamado.

— Isso não é papel. E isso não é tinta. — Ela olhou para Alex. — O seu pai sabe sobre isso?

— Bom, não foi ele que escreveu? — Alex estava confuso.

— Talvez. Ele sabe que você encontrou isso no jardim? Que alguém viu isso antes de você?

— Eu… — A frase se perdeu e ele encolheu os ombros. — Eu não contei para ele.

As luzes no teto piscaram e Mila gritou, segurou o braço de Alex e se agachou, pronta para correr. Ela estava entrando em pânico. Alex suspirou. Ele não deveria ter dito nada.

— Temos que ir — ela sussurrou. — Agora. Esquece o carrinho. — Ela puxou Alex pelo corredor, andando quase correndo. — Temos que chegar em casa. Eu tenho carne de peru seca. Frutas desidratadas. Geleia. Peras, pêssegos e purê de maçã. Vamos ficar bem. Podemos encher mochilas.

— Mãe, do que você tá falando?

— Xio! Não… — Mila balançou a cabeça. — Não podemos ir embora! Suas irmãs! Elas nunca entenderiam. Não podemos deixá-las! Elas vão se casar. Elas vão ter netos e todos vão estar aqui.

Alex travou os joelhos e parou. Sua mãe parou de supetão.

— Mãe! — ele cochichou. — Se acalma. O que tá rolando?

— Alguém encontrou a gente. É isso que tá rolando. Era para eles nunca terem nos encontrado. Aqui era para ser um tempo melhor. Nós escolhemos um tempo que não importava. Um lugar que não importava. Não era para nós termos que nos mudar de novo.

O cérebro de Alex não tinha nada além de confusão. Além de todo o resto, sua mãe estava ficando louca. Ou seus pais eram criminosos. Ou espiões?

Uma voz estalou nos alto-falantes com seu segundo anúncio.

— Emília dos Milagres, uma ligação a aguarda no caixa três. Emília dos Milagres, tem uma ligação para você no caixa três.

A música de Natal voltou.

Mila olhou para o teto. Seus olhos estavam arregalados e a boca estava aberta.

— Mãe? — Era a vez de Alex segurar a manga dela. — Mãe!

Uma sombra com asas ultra-afiadas passou como um raio logo abaixo das lâmpadas. Agulhas de ar frio e fedor de celeiro sopraram contra o rosto de Alex.

— Não podemos sair pela frente! Eles vão estar esperando. — Mila se virou e começou a correr para o fundo da loja. Alex correu atrás dela, tentando ver do que eles estavam correndo, tentando ver o que tinha projetado aquela sombra.

A seção de laticínios cobria a parede do fundo e, ao lado das caixas de leite e blocos de margarina, havia uma porta para o estoque. Mila abriu a porta com o ombro e correu por ela. Alex sorriu para dois clientes assustados e a seguiu. O lugar estava escuro, com grandes lâmpadas descobertas penduradas acima do chão de concreto úmido. Mila desviou de uma pilha de vegetais podres e de um pálete de garrafas de vidro com refrigerante, com a trança balançando como um chicote em sua nuca. Ela estava indo para a entrada dos funcionários.

— Corre, Alex! — ela gritou, e então deu uma ombrada na porta e saiu para a neve e gelo, balançando os braços e quase escorregando. Alex deslizou atrás dela, mas ele estava com os pés afastados e estava pronto. Segurando a mãe, ele quase não conseguiu impedi-la de cair.

— Ladrões? — um garoto perguntou atrás deles. Ele tinha espinhas, era ruivo e estava usando um avental marrom manchado sob o casaco fofinho. Ele derrubou as cinzas da ponta do cigarro. — Nem ligo — ele adicionou. — Tô no intervalo.

— Não — Alex respondeu. O fumante parecia ter a idade dele. — Não roubamos nada. Minha mãe só ficou assustada, sabe? Só isso. Vamos, mãe. — Segurando o braço de Mila, Alex a ajudou a caminhar ao lado do prédio em direção ao estacionamento na frente.

— Você não deveria fumar! — Mila gritou. — Não deveria mesmo. Você vai morrer!

— Mas tô bonitão enquanto tô vivo — o garoto espinhento retrucou e levantou as sobrancelhas.

— Não, não tá. Você parece um idiota — Mila respondeu.

— Mãe, deixa para lá. Ainda tá com a chave do carro?

Mila Monroe sentou-se no carro, respirando com toda a regularidade que conseguia. O velho carro tremia levemente com o motor ligado e o ar-condicionado soprando era só um pouco mais quente que o frio externo. O interior do para-brisa estava coberto com porções de condensação congelada, mas havia alguns espaços limpos diante de Mila e os olhos dela estavam focados através de um deles, travados na entrada do mercado. Os batimentos cardíacos dela tinham quase voltado ao normal. Ninguém tinha saído da loja. Ninguém os estava perseguindo. Ainda. Talvez tivesse sido somente uma ligação. Mas aquela sombra… e o antigo nome dela.

— O que foi que aconteceu? — Alex perguntou.

Mila olhou para Alex. Ele era jovem demais para ser tão grande, não era? Já era mais alto que Judá. O cabelo grosso e escuro dele estava tocando no revestimento esgarçado do teto do carro. Seus olhos escuros estavam focados à frente, observando a entrada da loja.

Ela fez o melhor que pôde com ele, não fez? Mas ela o mimou? Ele nunca tinha matado uma galinha ou ordenhado uma vaca. Ele provavelmente não fazia ideia de como produzir manteiga. E como teria? Ela o criara com margarina. Essa coisa parecia um milagre, mesmo que tivesse um gostinho de gasolina e carpete.

Alex provavelmente não conseguiria acender um fogo sem fósforos. Mas essa era a área de Judá e ele mesmo não era muito aventureiro. Nunca fora.

Não, Alex não era exatamente durão.

Mas ele precisava ser? Aqui era 1982. Uma mãe deveria deixar a vida mais difícil para os filhos sem motivo? Cem anos atrás, o mundo matava qualquer um que não fosse durão. Claro, matava os durões também; só costumava demorar um pouco mais. A dureza importava lá atrás, quando Mila tinha a idade dele.

Alex se saía bem na escola. E ele praticamente não reclamava sobre as tarefas de casa ou sobre ajudar quando ela pedia. Bom, reclamava, sim. Mas isso era normal. Garotos reclamam. Não reclamam?

Alex era pensativo. E atento. Contido. Ela nunca o vira sendo cruel com uma alma sequer. Claro, ela também nunca o tinha visto ser gentil. Não… isso não é verdade. Ele era gentil com ela. O tempo todo. Ele não tinha vergonha de abraçá-la em público quando ela o buscava na escola. E tantos outros garotos tratavam as mães quase como males necessários.

Alex era doce. E Mila o amava tanto que doía.

Mas ele era durão o bastante para isso? Se os demônios obscuros que tinham perseguido o irmão dela os encontrassem aqui, se aquela mulher horrível que tinha criado o Abutre soubesse que eles estavam vivos, se o mundinho deles estivesse prestes a se descolar, Alex sobreviveria? Ele sequer teria alguma chance? Ele era um sonhador, não um lutador. Ele nunca tinha quebrado um osso. Nem dado um soco.

Ele não era um Samuca dos Milagres. Muito menos uma Glória Sampaio. Exceto pelo cabelo. E olhos.

— Mãe? — Alex olhou para ela. — Você vai dizer o que aconteceu ali dentro?

— Alguém encontrou a gente. Não era para encontrarem, mas encontraram.

— Quem? Quem encontrou a gente?

Mila suspirou. Os cantos dos olhos dela estavam subitamente emocionados. Ela os secou rapidamente.

— Eu estou com o sentimento horrível de que vamos descobrir.

— Você e o papai estão fugindo? — Alex perguntou. — Vocês não são espiões russos, são?

— Não. — Mila sorriu. — Não somos espiões nem estamos fugindo. Mas podemos estar. Em breve.

— Aquela sombra… parecia…

— Um pássaro-demônio. Eu sei.

Alex a encarou. Para valer.

— O sistema de som. Eles chamaram Emília *dos Milagres*.

— Chamaram? — Mila mordeu o lábio. Os olhos do filho moviam-se rapidamente encarando os dela, procurando algo. A verdade, talvez? Ela quase riu. Não conseguia mentir para ele.

— Dos Milagres era meu sobrenome de solteira.

— Eu achei que era Valverde.

— Eu mudei. Antes de casar. E aí mudei de novo para o sobrenome do seu pai.

Para a surpresa dela, Alex assentiu.

— Então foi aí de onde meu pai tirou o nome. Ele deu seu sobrenome de solteira para Samuca dos Milagres. Eu sempre soube que ele tinha nomeado a Mila por sua causa nas histórias. Parece que ele fez o serviço completo, então.

Desta vez, Mila riu alto.

— É, acho que sim — ela falou. Esticando a mão, bagunçou o cabelo escuro do filho e então segurou o câmbio e engatou a marcha do carro gélido. — Vamos achar o seu pai.

No topo de um entre a dúzia de postes altos no estacionamento do mercado, uma grande coruja cinza estava empoleirada no frio. Seus olhos estavam fechados e os ombros levantados, com as penas sopradas pelo vento. Conforme o carro marrom balançava e se dirigia à rua, uma sombra saiu rapidamente da loja, passou sobre neve e gelo e circundou o poste, subindo ao redor dele numa espiral afunilada até desaparecer nas costas da coruja com um *puf* sussurrado.

Pequenas penas caíram lentamente. A ave cambaleou para a frente e seus olhos amarelos se abriram subitamente, piscaram e se concentraram no carro.

Depois de um momento, a cabeça da ave girou. Dos topos de seis postes, seis pares de olhos amarelos piscaram de volta.

Sete corujas esticaram asas silenciosas e voaram no ar invernal.

3

Necessita-se de assistência

EM UMA ILHA A CENTENAS DE QUILÔMETROS a oeste da pacata rua de Alex, quase cinco décadas e meia depois da estranha noite de Alex Monroe, uma Glória Sampaio adolescente chutou o cobertor e pulou da cama. O chão estava frio sob os pés descalços, mas ela estava com calor. Suando. E o coração dela estava martelando de pânico por algum sonho esquecido. Não era um sentimento incomum para ela; ultimamente, pesadelos viviam em cada canto do seu subconsciente. Eles frequentemente mostravam um garoto que ela não reconhecia, sendo devorado por sombras. Às vezes, ela o segurava; às vezes, só olhava; mas ele sempre era puxado e consumido.

O ar estava frio sobre sua pele úmida. O fogo na lareira do enorme quarto não era nada além de cinzas. Expirando lentamente, ela olhou pela parede de janelas para o estuário de Puget. As ilhas de vegetação perene à distância estavam começando a ficar visíveis na coloração rosada antes da aurora. A água repousava perfeita e pacificamente, como vidro escuro abaixo do céu.

— Glória?

Ela pulou de surpresa, quase não segurando um grito. Judá se inclinou na porta do quarto dela.

— Credo. — Ela expirou, colocando as mãos sobre os quadris. — Você me assustou.

— Desculpa. Eu não sabia que você tava acordada. Uma coisa aconteceu. Pedro tá em algum lugar?

— Talvez, mas não estava por aqui ontem à noite. O que tá rolando?

Judá entrou no quarto. O cabelo cacheado dele estava recém-cortado, graças à Mila, e ele estava usando casaco e botas.

— São os porcos. Acho que eu tentei mandar uma mensagem para mim mesmo ontem à noite.

Glória puxou o elástico do cabelo, bagunçado pelo travesseiro, deixando-o cair sobre os ombros antes de arrumá-lo de novo em um rabo de cavalo mais contido.

— Você só acha? Como não sabe com certeza?

— Porque eu não fiz isso daqui. Foi do futuro. Bom, do passado, na verdade. E provavelmente de um passado diferente. Mas meu futuro tá no passado. Você já sabe disso, foi mal. Enfim, um eu mais velho, o que escreve os livros, mandou uma mensagem. Uma história. Eu recebi uma parte dela.

Glória vestiu um moletom folgado, com zíper e forrado com lã, e começou a procurar por meias grossas na cômoda. Manhãs de primavera na Terra do Nunca sempre eram frias, e o calor do corpo já estava se esvaindo.

— Não entendi. Como a mensagem chegou? Em um dos seus sonhos? Era sobre Samuca?

— Os porcos fugiram do chiqueiro e estavam gritando pelos jardins. Quando Mila e eu finalmente os pegamos, vimos que havia algo escrito nas peles.

Glória olhou para Judá com uma meia em cada mão.

— Alguém escreveu nos porcos?

— Parece mais que escreveram de *dentro* dos porcos. Cada letra parecia uma pequena queimadura abaixo da pele. E era digitada, em linhas retas e retângulos em formato de página. E eu te digo: não é fácil ler as costas de uma porca peluda quando ela está brava.

— E você acha que foi você que escreveu nos porcos?

— Sem dúvida — Judá assentiu. — Lembra como a Devil conseguia mandar mensagens pela pele? Bom, eu estava planejando tentar isso com os porcos. Pensei que, se eu fizesse velino com as peles depois que Mila fizesse o bacon e então guardasse o sangue e misturasse com tinta, seria possível mandar uma mensagem de volta para mim do futuro, se houvesse uma emergência gigantesca que eu precisasse saber. Algo para evitar agora.

— E você fez isso?

Judá riu.

— Aparentemente, eu descobri como. E com uma máquina de escrever, ainda por cima.

— Então, o que você escreveu? Por que você está aqui me contando? — Sentando-se na beirada da cama, ela calçou as meias grossas e se levantou de novo.

— O futuro é complicado. É escorregadio, nem sempre seguro, porque ele não fica parado. Claro que você já sabe disso.

Glória caminhou para a porta.

— Preciso de um café da manhã. Me conta agora, ou desce comigo e conta enquanto eu como.

— Era uma parte de uma história. Mila e eu depilamos três porcos e lemos o máximo que conseguimos. Mas aí algo aconteceu: as letras borbulharam e pareceram virar vapor, e os porcos ficaram completamente doidos e escaparam de novo.

— Conta logo, Judá — Glória pediu. A voz dela estava inexpressiva. — Só fala.

Judá limpou a garganta. Glória viu a expressão dele murchar. Ele estava enrolando pelo bem dela, não pelo seu próprio.

— O Abutre tem um herdeiro. — A voz dele estava apertada. — Um garoto. A parte que eu li foi bem ruim.

— O filho do El Abutre? Quem é ele? Como a gente não sabia?

— Não é filho dele. — Judá mordeu o lábio inferior e então suspirou. — Na história… Devil o pega. Planta as correntes de relógio no coração dele. Ele é só um pouco navajo, e tem uns guardiões-coruja ancestrais que eu não entendi. E aí tem… bom, eu diria a Terceira Guerra Mundial, mas parece mais um esfacelamento total da história.

— Qual o nome dele?

Judá passou a mão na boca.

— *Judá…* — Glória pressionou.

— Alexandre — Judá respondeu. — O nome dele é Alexandre.

— Claro que é. Meu irmão. — A cabeça dela pendeu para a frente e ela ficou olhando para o chão. — E ele quer conquistar o mundo, sem dúvida.

— Sinto muito, mas não é seu irmão. É pior. Essa parte ficou clara. Devil vai caçar o seu filho, Glória.

— Meu filho? — Ela piscou. Os pesadelos dela eram avisos? O garoto que ela não reconhecia era seu filho? — Judá, me diga tudo que você leu. Me diga agora. O você do futuro não teria mandado a mensagem se você não pudesse impedir isso.

Alex estava na escrivaninha dele, com o lápis na mão e olhando para o calendário, tentando não escutar os pais falando na sala; mas também estava tão perfeitamente parado, que conseguia escutar cada palavra. Depois que ele contara tudo da noite anterior para o pai, ele foi mandado para o quarto.

Graças a Deus por portas ocas e arquitetura péssima.

— Me escuta — Judá falou para Mila. — Era eu que estava te chamando no mercado, não algum vilão. Eu. Eu não tava tentando te assustar, mas era urgente.

— Eles chamaram Emília dos Milagres. No alto-falante.

— Eu precisava da sua atenção. Minhas memórias estavam mudando. Assim como meu último manuscrito. Alguém tá mexendo com nossas linhas temporais. E eu vi uma coruja. Num poste do outro lado da rua sem saída. E não era uma coruja normal; a cor por dentro das asas era azulada.

— Você acha que foi o velho? — Mila perguntou. — O que deu as cobras para Samuca?

— Não sei. Mas se algum dos viajantes dos sonhos estiver de olho em nós, então problemas estão chegando, com certeza. A família de Pedro nunca brinca com a segurança sem motivo. Espero que tenha sido um deles, e não uma daquelas… coisas voadoras.

Alex começou a rabiscar uma forma no papel, uma sombra alada. Ele usou o lápis gentilmente para ainda conseguir ouvir.

— A gente não fugiu do mercado por causa do meu antigo nome. — Mila falou. — Tinha uma sombra voadora, Judá.

E eu não vi nenhuma pena de coruja. Era como uma versão menor daquelas terríveis Tzitzi que vieram atrás da gente na Terra do Nunca. E isso significa que elas nos encontraram. Se nossas memórias estão mudando, então deve ser ela.

— Mas por quê? — Judá indagou. — A gente não é nada. Não tem nada. O Abutre está morto, e Samuca e Glória estão sumidos há anos.

— A gente tem o Alex. A família de Pedro se importaria muito mais com ele do que com nós dois. Isso explicaria a coruja. E, se aquela mulher tiver o sangue de Alex, ela pode alcançá-lo em qualquer lugar.

— Mas por que ela faria isso? Depois de todo esse tempo? O que ela ia querer com ele?

Alex parou de rabiscar e olhou para frente, segurando a respiração, esperando uma resposta ou uma explicação. Ele não tinha certeza de que confiava no que estava ouvindo. Ele presumiu que seus pais estariam conversando sobre a realidade, porém parecia mais uma conversa sobre um dos manuscritos das histórias de dos Milagres.

— Judá — Mila continuou —, aquela mulher é paciente. Quantas vezes eu fui morta só para ela chegar ao meu irmão? Eu lembro porque ainda sonho com cada uma delas. Se ela estiver procurando Alex, vai ser porque ela tem um plano para machucar os pais dele de alguma forma pior do que conseguimos imaginar.

E então, silêncio. Não. Não exatamente. Sussurros. Completamente inaudíveis.

— Qual é — Alex falou, frustrado. Ele havia se cansado. Tudo aquilo era estranho demais. Ele não ia deixar que o mantivessem de fora daquilo.

Soltando o lápis, empurrou a cadeira, levantou-se e foi até a porta antes de ter a chance de mudar de ideia.

— Ei! — Ele saiu para o corredor e dirigiu-se à sala de estar. Seu pai estava sentado na mesinha de centro, com os cotovelos nos joelhos, inclinado na direção de Mila. Ela estava no sofá, com as duas mãos no rosto. Alex se sentia quente, o coração pulando e o sangue correndo rápido. — Alguém poderia me dizer o que tá acontecendo? A verdade, por favor. Não sou uma criancinha. Eu não vou ficar sentado no meu quarto enquanto vocês conversam. Quem pegou meu sangue? Por que o livro estava queimando no jardim?

Judá passou as mãos pelos cachos bagunçados. Mila mordiscou a unha do polegar. Eles olharam um para o outro.

Alex esperou, mas não muito tempo.

— Mãe, você falou que aquela página queimada não estava digitada em papel e que não era tinta. Então, o que era? Vamos começar por aí.

— Pele de porco — Judá respondeu subitamente. — Velino. De um porco. — Ele apontou para o sofá, ao lado de Mila. — Sente-se.

Alex não tinha certeza se queria, mas o pai estava sustentando um olhar firme e seu queixo proeminente estava rígido; então ele se sentou ao lado da mãe. Ela imediatamente lhe segurou o joelho.

— Primeiro — Judá falou —, não sabemos quem entrou aqui em casa ontem à noite e não sabemos se são hostis. E não sabemos se estão relacionados à sombra que vocês viram no mercado.

— Eles pegaram sangue, Judá — Mila respondeu. — Não são amigáveis. Nem nenhuma das sombras voadoras que eu já vi na vida.

Judá levantou a mão até ela terminar.

— Nós não sabemos. — Ele encolheu os ombros. — Simplesmente não sabemos. Segundo, e muito mais importante:

Alex, está na hora de você aprender um pouco mais sobre si mesmo.

— E sobre nós — Mila acrescentou.

— E sobre nós — Judá concordou. — Mas você já sabe bem mais do que imagina. Você já leu sobre Samuca dos Milagres.

Alex assentiu.

— Mas não o novo, já que você não deixou.

— Bem… — Judá e Mila olharam um para o outro.

— É tudo verdade, querido — Mila falou. — As histórias são verdadeiras. E são nossas histórias.

— Majoritariamente verdadeiras — Judá observou. — Todas as partes mais relevantes.

Alex inclinou a cabeça.

— Não entendi.

— O Padre Tiempo — Mila falou.

— Pedro Aguiar — Judá disse, assentindo. — Muito, muito real.

— E ele é um dos seus tataratios — Mila acrescentou.

— Com mais "tataras" do que eu consigo contar. Ele se importa com você.

— Viagem no tempo? — Alex perguntou. Isso tinha que ser uma piada. Ele se sentia um mané, como se uma pegadinha o estivesse encurralando e a qualquer minuto eles começassem a rir e ele seria oficialmente o bobo. Mas eram seus pais, não valentões na escola. Sua mãe não *fazia* pegadinhas. E o pai só as escrevia.

— Viajar no tempo não é agradável. Mas definitivamente é real — Mila explicou.

Alex sentiu a sala girando debaixo dele. O sofá estava boiando sobre ondas. Ele olhou para a mãe e os olhos dele ficaram embaçados. As histórias estavam acontecendo na sua mente. O Abutre caçando Samuca, sequestrando e matando a irmã dele, Mila… incontáveis vezes. A bruxa Sra. Devil. Todos os Garotos Perdidos, Manuelito, Pinta e Pati. Um cemitério cheio até a metade com… *túmulos da mãe dele?*

Ele piscou e se concentrou.

— Mãe? Era você? Morrendo todas aquelas vezes…

Mila sorriu, com os lábios apertados. Então, assentiu.

— Foi tudo bem terrível. Mas já acabou. — Ela olhou para Judá. — Pelo menos, tinha acabado.

Alex curvou a cabeça para trás, olhando o teto. Se ele não tivesse visto o fogo no céu e as páginas queimando, se não tivesse sentido o braço em seu pescoço, se não tivesse acabado de ver a sombra alada no mercado…

— Eu sou parente de Samuca dos Milagres — ele disse sem expressão. — Samuca dos Milagres. Com as cobras. De verdade? Ele é meu tio? Ele tá morto? Onde ele tá?

— Tem mais uma coisa que precisamos te contar — Mila respondeu. — E não tem jeito fácil de contar isso.

— Você é adotado — Judá falou.

— O quê? — Alex se endireitou com um susto. — Eu sou adotado?

— Não, essa não é a palavra certa — Mila falou. — Não é adotado.

— Qual é a palavra certa? — Judá perguntou. — Tenho quase certeza de que essa é a única palavra.

Mila se concentrou em Alex.

— Nós te amamos muito mesmo. Não importa que eu não tenha te carregado na barriga.

Alex piscou. Olhou para a mãe. Depois, para o pai.

— Você é nosso filho — a mãe dele explicou. — De verdade e para sempre… ou pelo tempo que você precisar de nós.

Mila continuou, mas Alex não ouviu mais nenhuma palavra. Sua mente estava engasgando com o impacto do que ele tinha acabado de ouvir. O fato de que a sua mãe era de outro tempo, tinha viajado no tempo, tinha vivido no Velho Oeste e tinha um irmão super-herói ainda estava sendo absorvido. E, bem quando a informação estava começando a assentar, aí ela não é a sua mãe biológica?

— Então, eu não sou parente de Samuca dos Milagres — Alex soltou. — Não de sangue.

— É, sim, filhão — Judá respondeu.

Mila cruzou as pernas sobre o sofá e tocou na parte de trás da cabeça de Alex.

— Ele é seu pai. Eu sou sua tia. Mas ele e Glória nos pediram para sermos seus guardiões.

— Glória era minha mãe?

Judá fechou os olhos e apertou a ponte do nariz. Com uma fungada rápida, olhou para Alex de novo. A voz dele estava instável.

— Glória Sampaio. Mila e eu estávamos no casamento. Dois anos depois, éramos seus padrinhos. Isso durou mais um ano. E então Samuca e Glória desapareceram, e você se tornou nosso filho. E, como sua mãe disse, nós te amamos muito.

A campainha tocou.

— Olá? — A voz de Chong-Won veio em seguida. E então os dedos dele, batendo em ritmo rápido. — Oi? A comida está pronta!

— Ai, não! — Mila pulou do sofá. — Nós combinamos de comer com os vizinhos! Eu ia levar alguma coisa! Por isso fui ao mercado.

— Amor, talvez devêssemos cancelar — Judá falou.

Mila parecia horrorizada.

— Gi-Hung passou a tarde toda cozinhando. Não podemos cancelar!

A campainha tocou de novo.

— Olá?

Mila correu para a porta, arrumou o cabelo e a abriu.

Chong-Won e a filha, Rhonda, estavam no alpendre. Ele estava com um sorriso largo. Rhonda poderia ser uma estátua de cera.

— Desculpe nosso atraso! — Mila falou. — Eu estou muito ansiosa para experimentar a comida da sua esposa. Já, já estamos indo.

Chong-Won abriu um largo sorriso, curvou-se ligeiramente e desceu do alpendre.

Rhonda se afastou com ele. Alex cruzou o olhar com o olhar entediado dela e viu surpresa naquele rosto. Ele esfregou os olhos rapidamente. Nenhuma lágrima. Ótimo. Ele não tinha certeza de como deveria estar se sentindo, mas não queria que uma garota da escola o visse emocionado, não importava o que tivesse acabado de descobrir. Especialmente uma garota mais velha, com inúmeros amigos legais, que poderia espalhar o boato do choro dele quando o recesso de Natal acabasse.

Mila fechou a porta e se virou.

— Sapatos, rápido! Alex, tira essa calça de moletom. Judá, o que eu levo? Eu tenho que levar alguma coisa.

Alex pensou: aparentemente, terei que comer comida coreana com uma garota que nem fala comigo na escola. Essa é a resposta adequada para toda esta situação.

— Eu não quero ir — Alex disse. — Eu vou ficar aqui e… pensar.

Judá deu um tapinha no joelho de Alex e se levantou.

— Você vem conosco. Eu vou te dar o manuscrito para ler mais tarde. Aquele de hoje de manhã. Ele já está mudando; então, depois que você ler, podemos conversar sobre seus pais e sobre o quanto eu acho que ainda é verdade. Você precisa conhecer melhor a sua mãe. Samuca era incrível, mas Glória também era sensacional à sua própria maneira. Não há nada que eu possa fazer sobre a história que foi queimada, além de esperar que ela volte à minha mente. — Ele apontou para a própria têmpora. — Algumas coisas que escrevo vêm e vão como sonhos. Sempre foi assim.

— Mas como os seus manuscritos podem mudar? — Alex perguntou.

— Fácil — Judá respondeu. — Coisas no meu passado com Samuca e Glória (que vão acontecer, na verdade, no futuro, já que o meu passado está lá) devem ter mudado. Isso significa que o que eu escrevi também mudou.

Alex piscou e balançou a cabeça, tentando entender.

— Eu tenho que ir? Não posso ficar e ler tudo agora?

Judá olhou para Mila. Ela apareceu da cozinha e balançou a cabeça.

— Todos nós temos que ir. E eu não quero que Alex fique sozinho agora.

— Vamos lá um pouco — Judá falou. — Mas eu não me importo se você sair mais cedo. Posso te ajudar com isso, mas é melhor você se comportar bem. Sei que você tem muito para processar agora, mas demonstre total etiqueta e respeito. Entendeu?

— Entendi.

Mila voltou da cozinha, segurando um pote de pêssegos em conserva e outro de geleia de framboesa.

— As calças! — ela gritou.

Alex pulou e sorriu.

— Minha mãe biológica me deixaria ficar com elas.

Judá riu. Os olhos de Mila se arregalaram.

— Não, senhor. Não comece com isso. E você não faz ideia do que está falando. — Ela sorriu. — Glória teria queimado essa coisa anos atrás. Eu é que te mimo. Vista calças de verdade e um suéter, caubói.

A outra metade da casa geminada tinha o desenho exatamente espelhado da parte dos Monroe. Mas o cheiro era muito, muito diferente. Duas mesas e cadeiras dobráveis haviam sido colocadas na sala de estar, ao lado de uma árvore de Natal de plástico, pequena e branca, e a cozinha e sala de jantar estavam repletas de bacias fumegantes cobertas com papel-alumínio, panelas quentes tampadas e três pratos quentes apoiavam panelas ainda fervilhantes. Panelas de cerâmica dominavam a superfície do balcão e havia até uma descansando sobre a estante da televisão. As janelas no lugar inteiro estavam cobertas de condensação congelada e o ar estava úmido como numa selva.

Gi-Hung estava radiante, disposta em sua generosidade, sorrindo, curvando-se e limpando o embaçado dos óculos grandes de armação rosa. Ela estava orgulhosa do trabalho e Alex achou que ela deveria estar, mesmo. Ele nunca tinha visto tanta comida em uma só refeição e duvidava que veria tanto assim de novo.

Plaquinhas com nomes estavam sobre a mesa e ele não ficou surpreso ao ver que a cadeira dobrável que lhe fora designada estava de frente para os pais e entre cadeiras vazias para Rhonda e Gi-Hung.

Depois de muita insistência de Chong-Won, Judá e Mila sentaram-se em seus lugares, Alex fez o mesmo e Chong-Won formalmente os recebeu. Rhonda e a mãe começaram a servi-los.

Em qualquer outro dia, a estranheza disso tudo teria capturado completamente a imaginação de Alex. Ele nunca tinha viajado, nunca tinha ido a uma cidade grande e um vislumbre de uma cultura estrangeira, ainda que breve, teria chamado sua atenção completamente.

Não hoje. Ali, conforme repolho picante cozido, espetinhos de frango e batatas em espiral no palito eram colocados diante dele, seus olhos estavam vidrados nas próprias mãos, postas sobre a mesa.

Como seria se seus braços tivessem cobras com personalidades diferentes? Se o braço esquerdo tentasse matá-lo enquanto ele dormia? Se eles conseguissem ver no escuro e sacar armas mais rápido que um pistoleiro das antigas e continuassem atirando mesmo depois de ele ser nocauteado?

Onde seus pais estavam agora?

Estavam mortos?

Vagando por São Francisco cem anos atrás?

— Alex — Mila falou, inclinando-se sobre a mesa. Ele desviou o olhar das mãos e concentrou-se nela. — Experimenta um pouco. E agradeça a Rhonda. Ela está sendo muito gentil.

Rhonda estava em pé ao lado dele, segurando uma bacia de macarrão e uma colher de bambu. Ela estava obviamente esperando algum tipo de resposta. As sobrancelhas estavam levantadas. Os lábios, apertados.

— Ah — Alex disse, olhando para o prato cheio. — Não, obrigado. Já tenho muita coisa.

Rhonda colocou uma grande pilha de macarrão em cima de tudo, cobrindo o repolho e a carne.

— É uma honra te servir — ela balbuciou. E então se sentou.

Alex olhou para a montanha de macarrão. Ele olhou para Rhonda. Ela estava encarando o próprio prato. O cabelo preto dela estava intrincadamente trançado e amarrado para trás com uma fita vermelha. Talvez ela estivesse usando maquiagem, mas ele não seria alguém capaz de afirmar. Ele sabia que ela andava com o pessoal das artes e do teatro musical da série acima da dele e que usava uma mochila coberta com bordados estranhos. Mas ela nunca tinha falado com ele. Nunca tinha nem sequer respondido a um sorriso ou um aceno de um vizinho para o outro.

Mila estava elogiando audivelmente toda a comida. Os pais de Rhonda ouviam atentamente, e Judá estava assentindo e mastigando com seriedade.

— Me desculpa — Alex sussurrou para Rhonda. — Eu fiz alguma coisa errada?

Rhonda o encarou com olhos frios que contradiziam a fita vermelha no cabelo dela.

— Você é um convidado de honra. — O lábio superior dela se curvou, formando um sorriso de zombaria. — Você gostaria de experimentar polvo?

— Não muito. Você se importa?

— Não muito. — Rhonda pegou outra bacia da mesa e serviu nove pequenos polvos fritos e crocantes sobre o macarrão dele. Eles caíram em grupos, com os pequenos tentáculos abertos e entrelaçados.

Alex mordeu o lábio inferior, inclinou-se para a frente e os cheirou. Tinham cheiro de batata frita.

— 72 pernas. Todas para mim — ele comentou. — Eles têm gosto de frango?

— Frango de borracha — Rhonda respondeu sem emoção. — E óleo, sal e algas. Com tentáculos.

Alex pegou dois e os colocou na boca.

— Huuum — ele disse, mastigando a crosta crocante. Seus dentes espremiam os corpos cefalópodes. Uma vaga memória de tentar mastigar balões de água passou pela mente dele. Rhonda observava, curiosa, mas ainda não amigável.

— E aí? — ela perguntou.

Alex colocou as criaturas nas bochechas e sorriu, apesar do volume no rosto.

— Chiclete do mar.

Rhonda não sorriu, mas Alex sabia que ela tinha pensado nisso. E, pelo menos, ela tinha parado de empilhar coisas no prato dele. Ela desviou o olhar e Alex concentrou-se em mastigar. Não era fácil. Na verdade, talvez ele precisasse pedir licença para ir ao banheiro, para um discreto cuspe e uma descarga rápida. Claro que Rhonda saberia que ele teria feito isso.

A única outra opção parecia ser engolir o polvo inteiro, ou pelo menos parcialmente esmagado. Ele pegou o copo de água e se preparou. Um de cada vez não seria tão ruim. No pior dos casos, seu pai sabia a manobra de Heimlich.

Uma dor lancinante cruzou o peito de Alex e seu braço tremeu de surpresa, jogando água e cubos de gelo sobre o macarrão.

Os quatro adultos olharam para ele. Mas ele não se importou. A dor estava aumentando, arrastando-se pela pele como uma ponta de faca ou uma agulha. Derrubando o copo, ele se levantou, virando a cadeira dobrável atrás de si e com a mão no peito.

— Alex! — Mila gritou. — Judá, ele tá engasgando!

Os quatro adultos se levantaram. Rhonda permaneceu sentada, observando Alex com olhos arregalados e um sorriso surpreso.

— Não tô engasgando. — Alex balançou a cabeça, girando no lugar e contorcendo as costas. Ele não precisava perguntar onde era o banheiro. Arrastando os pés no carpete, disparou para o corredor, tirando o suéter.

As paredes do banheiro eram rosa, com um tapetinho felpudo e tampa de vaso combinando. A cortina do chuveiro era uma vívida réplica da bandeira sul-coreana. Azul e vermelho fortes sobre o branco. Um radiozinho no peitoril da janela estava murmurando baixo música de violoncelo e três grandes velas aromatizadas queimavam ao redor da pia, abaixo de um grande espelho com pássaros dourados voando nos cantos. Era claramente um lugar de paz e contemplação muito bem cuidado. Alex mergulhou ali, com o suéter e a camiseta de Star Wars já quase sendo tirados pela cabeça. Ele bateu a porta atrás de si, apagando duas velas com a lufada do movimento. Arrancando a camiseta e o suéter completamente, ele olhou para o reflexo, passando por duas trilhas de fumaça de vela carregadas com o aroma ceroso e artificial de torta de abóbora.

Grandes letras cor de sangue tinham aparecido no peito dele, e mais estavam surgindo, seguindo a sensação excruciante de agulhas afiadas.

Olhando para baixo, ele viu a caligrafia em sangue brotando logo abaixo da pele. Quem quer que estivesse escrevendo nele desceu até a barriga, e a sensação causava cócegas assim como dor. Agarrando a pia, Alex tentou ficar imóvel o bastante para ler o que estava escrito em seu peito.

— Alex? — A voz do pai do outro lado da porta. — Você tá bem?

— Sim. — Alex apertou os dentes e recuperou o fôlego. — Acho que sim. Saio num minuto.

Assim que a última linha foi escrita logo acima do umbigo, a sensação passou. Alex expirou lentamente, tentando acalmar a tremedeira. Seu coração estava sapateando a toda velocidade e a pele parecia repuxada sobre todo o corpo. Esticando-se, ele passou os dedos pelas letras rápidas, balões cursivos e macios de sangue e pele. Resíduos de cócegas dançaram por sua barriga e ele deu um tapa, meio que esperando que os escritos rebentassem e a coisa toda virasse uma bagunça pegajosa. Não rebentaram. Mesmo assim, ele não conseguia ler. No espelho, decodificar letra cursiva ao contrário era impossível para ele, e colocar o queixo no peito e tentar ler de cabeça para baixo também não funcionava.

Depois de um momento, ele caminhou até a porta e abriu uma fresta. O corredor estava quase escuro e ele conseguia ouvir a mãe falando na sala.

— Pai? — ele sussurrou. — Preciso de ajuda.

— Com o quê? — Rhonda apareceu na fresta iluminada. — Por favor, me diga que você não vomitou aí. Minha mãe me fez lavar tudo a tarde toda.

Alex pulou para trás da porta, mas manteve o rosto na abertura.

— Dá licença?!

— Dou, se eu não tiver que limpar seu vômito. — Os olhos de Rhonda focaram atrás de Alex. — Mas hoje foi o dia mais chato do recesso; então, se você morrer engasgado com um polvo, pelo menos vai animar as coisas. Espera aí. Isso aí não é tinta de tatuagem. Você escreveu em si mesmo com canetinha?

— Quê? — Alex olhou para o peito e para a porta. — Como você consegue ver?

— O espelho, seu burro. Dá para ver que você, pelo menos, tá de calça, então… — Ela bateu na porta com os dedos. — Deixa eu entrar e ver se você não destruiu tudo.

Alex não pensou muito sobre isso. O que mais ele faria? Gritar pelos pais? Atravessar correndo a sala de estar e ir para casa?

— Promete que não vai contar para ninguém? — ele perguntou.

Rhonda expirou com desdém.

— Que você tava no meu banheiro e sem camisa? Acho que não. Contanto que você prometa nunca contar que você já esteve na minha casa.

Alex deu um passo para trás e soltou a porta, arrumando os ombros e tentando não parecer um garoto magrelo. Rhonda abriu a porta. Por um momento, ela ficou parada, analisando o banheiro com olhar de julgamento, observando o suéter, a camiseta e as velas apagadas.

— Você sabe do que as garotas te chamam na escola? — Rhonda perguntou.

Alex balançou a cabeça.

— Nada. Nada mesmo. Porque combina com você, ó grande e honrado convidado. Você é um nada.

— Sabe do que os garotos te chamam? — Alex perguntou.

Rhonda olhou diretamente para ele.

— Garota gueixa. O que é nojento e também culturalmente incorreto, já que eu não sou japonesa. Mas eles são todos idiotas e não… — Os olhos dela travaram nas palavras no peito de Alex.

— Eu nunca ouvi isso — Alex falou.

Rhonda chegou mais perto, inclinando a cabeça.

— Eu nem sei o que é uma gueixa — Alex continuou. — Eu só ia inventar alguma coisa rude porque você foi rude comigo.

— Como você fez isso? — Rhonda perguntou. Esticando a mão, ela tocou as letras no peito dele com os dedos gelados. Alex tremeu e se afastou. Mas ela deu um passo à frente. — Não é uma marca de ferro quente, é?

— Eu não fiz isso. Só apareceu. E doeu. Consegue ler?

— Sério que você não fez isso? — Ela fitou os olhos de Alex.

— Como é que eu faria isso?

Rhonda fechou a porta com o pé, segurou os ombros de Alex com as mãos frias e o virou para o espelho.

— Levanta os braços — ela pediu. Alex os levantou, mantendo dobrados. Ele viu o dedo dela passando pelas letras ao contrário sobre suas costelas refletidas. Conforme seguia o desenho, ela leu:

ALEXANDRE DOS MILAGRES,
SUA ASSISTÊNCIA É NECESSÁRIA IMEDIATAMENTE. POR FAVOR, VENHA PARA FORA.
URGENTEMENTE,
PADRE TIEMPO

Rhonda o encarou.

— Que diabos é isso?

Alex não se mexeu. Ele ainda estava olhando para o reflexo. O que raios estava acontecendo com ele? Uma mensagem em seu próprio sangue e de alguém que sabia que ele era um dos Milagres. Ele ainda não tinha tido tempo para pensar sobre aquele nome pertencendo-lhe, e Padre Tiempo já o estava usando numa mensagem abaixo da sua pele. Mas como? Foi ele quem pegou seu sangue? Isso não parecia o ato de um mocinho. E, no primeiro livro de Samuca dos Milagres, Padre Tiempo usava papel e tinta. Talvez ele tenha usado sangue no manuscrito posterior. Alex não tinha como saber.

— Certo. — Rhonda pegou a camiseta e o suéter dele. — Veste sua roupa. Nós vamos lá fora.

— Não. — Alex se viu balançando a cabeça. — Não quero. Você não faz ideia de como as últimas 24 horas têm sido. Isso tá tudo errado.

Rhonda ficou entre Alex e o espelho, apoiando-se contra a pia e cruzando os braços.

— Existe pelo menos uma coisa interessante sobre você? Você consegue fazer o *moonwalk*? Você conheceu Michael Jackson?

— Quê? — Alex piscou. — Não. O que é que isso tem a ver?

— Você é incrivelmente rápido ou consegue pular incrivelmente alto? Você tem alguma habilidade atlética absurda que ninguém conhece?

Alex olhou para ela.

— Eu não… Não tenho. Só tô no colegial.

— Certo. E já sabemos que você tem a aparência bem normal. Um pouco moreno, um pouco alto, mas nada superespecial. Você lê livros. Você olha para o nada no refeitório. Usa calças de moletom demais. E você faz desenhos de monstros e coisas para mostrar para os outros nerds, mas eles não ligam, porque só querem mostrar para você os desenhos deles.

Alex sentiu que estava corando. E ele também viu, pelo espelho, manchas vermelhas na garganta e nas bochechas. Isso o fez corar ainda mais. Ele pegou a camiseta e o suéter e começou a enfiar os braços nas mangas.

— Ah, como se você fosse superespecial — ele retrucou.

— Eu consigo fazer um *moonwalk* melhor que qualquer pessoa nesta cidade. Mas ainda sou a garota coreana que faz teste para todas as peças e nunca consegue o papel, com pais que a fazem servir comida para o vizinho sem graça. Essa é a única coisa que me torna diferente. Mas surpresa! Você é, na verdade, um esquisitão total, com uma mensagem cursiva, em sangue e inchada no peito todo. Você só quer ser sem graça. Mas eu não. Então, nós com certeza vamos lá fora encontrar esse Tiempo aí e vamos agora.

— Você não entendeu. Essa mensagem nem se parece com o Padre Tiempo.

— Você conhece o cara?

— Não. Ele é um personagem num livro. Mas ele, na verdade…

Rhonda abriu a porta do banheiro e foi para o corredor.

— Ele está bem! — ela disse docemente. — Foi o polvo. Ele gostaria de tomar um ar. Tudo bem se eu for com ele?

Rhonda realmente era uma atriz. Enquanto Alex calçava as botas perto da porta, ela estava ao seu lado timidamente, como se fosse o primeiro encontro deles. Os pais dela irradiaram com prazer, mas os olhos afiados de Judá estavam apertados com desconfiança, enquanto os de Mila se arregalavam de descrença. Quando Rhonda colocou a mão sob o braço de Alex e abriu a porta para saírem, ele viu a descrença da mãe tornar-se hostilidade. Mas tudo acabou rápido. Ar seco e frio atingiu a pele dele e a porta se fechou atrás dos dois.

Três passos pela calçada polvilhada com sal e os dois pararam. Alex se livrou da mão de Rhonda em seu braço, tremeu e olhou ao redor.

Nada.

— Então, foi um truque — Rhonda falou. — Mas foi legal. Quanto tempo leva até as letras sumirem e você conseguir escrever outra coisa?

Alex não se deu ao trabalho de responder. Ele olhou para cima.

O céu estava limpo, mas com as largas faixas de estrelas como leite derramado que sempre estão presentes, mas raramente visíveis. Bilhões de estrelas brilhantes sobre bilhões de cristais de neve branca e brilhante, como primos distantes descartados pelo céu e amontoados sobre tetos de casas geminadas e ao redor de calçadas.

— Tá frio — Alex reclamou.

— Você *vai* me ensinar a fazer isso — Rhonda disse. — Você sabe disso, né?

A camada de cima da neve, três centímetros de cristais em pó, subitamente começou a rolar em todas as direções, afastando-se de Alex. Vento soprou diretamente da escuridão acima deles, amassando o cabelo de Alex e gelando cada osso. O anel de neve soprada explodiu com o vento, formando um cilindro brilhante que girava ao redor de Alex e Rhonda.

Dentro do cilindro brilhante, caía fogo verde.

4

O herdeiro de Abutre

A AURORA DESPENCOU COMO UM LENÇOL, sumindo no chão sem rastro algum. Enquanto Alex e Rhonda olhavam, ela se expandiu como uma cortina fluida, como uma cachoeira ao redor de uma pedra. Um arco escuro se abriu, revelando dois homens, vestidos completamente de preto e segurando tochas crepitantes.

O homem à direita era menor, largo, careca e com cicatrizes, com uma barba branca perfilada. O homem à esquerda era mais alto, tinha a pele mais escura e parecia quase ser adolescente. As laterais de sua cabeça estavam raspadas e uma faixa grossa de cabelo branco estava penteada lisamente para trás no topo do couro cabeludo. Ambos tinham olhos estranhamente brilhantes. Nenhum deles estava vestido como um padre.

Rhonda ficou um pouco atrás de Alex, com uma mão apertando o cotovelo dele.

O homem mais jovem saiu da escuridão para a noite de inverno em Idaho. Seu cabelo branco brilhava feito gelo. Flocos de neve caindo chiavam em sua tocha e seus olhos não estavam apenas brilhando; eram líquidos: orbes de água. Seu queixo era forte, mas sem barba.

— Alexandre dos Milagres — ele falou. — Sou Padre Tiempo. Eu vou te levar à sua herança.

Alex balançou a cabeça.

— Você não é Tiempo. Você não se parece nada com a descrição dele.

— E quem descreveu? — o homem perguntou. — O homem que alegou ser seu pai? O mentiroso contador de histórias? Esses livros estão longe da verdade. Você poderá lidar com ele mais tarde. Agora, é hora de você vir assumir o que pertencia ao seu verdadeiro pai. Venha.

O jovem deu um passo para o lado, gesticulando para o arco escuro.

Alex deu um passo para trás.

— Tiempo não escreve nas pessoas com o sangue delas. Ele é um sacerdote. Ele viaja com areia, não… com tudo isso. Quem é você?

O outro homem, largo e careca, saiu da escuridão e seus olhos líquidos rolaram.

— Eu me chamo Cipião. E você não foi fácil de encontrar, garoto. — A voz dele era grave, cada vogal soava como um tambor. — É um tempo estranho e um lugar estranho onde te esconderam. Nós procuramos sem cessar desde o dia em que seu pai derrotou o Abutre e também foi derrotado. Por anos, nós caçamos e não nos desesperamos. Você é o herdeiro do dos Milagres, seu sangue é o sangue dele e você deve reivindicar a herança dele.

— Por quê? — Rhonda perguntou por detrás de Alex.
— Qual é o prêmio?

— Ela é sua consorte? — Cipião perguntou. Seus olhos gotejavam quando ele piscava.

— Eu não sei o que é isso — Alex respondeu. — Mas provavelmente não. Ela é minha vizinha.

— Com certeza não! — Rhonda falou. — E eu sou mais, tipo, a gerente dele. Ele não estaria aqui fora conversando com vocês, aberrações com olhos de alienígena, se não fosse por mim. Então, qual é o prêmio? Dinheiro? Uma casa? Ou algo mais de ficção científica? Doze viagens grátis na sua espaçonave? Uma máquina do tempo?

Os homens com as tochas olharam um para o outro e então olharam de volta para o arco escuro. Depois de um momento, assentiram com as cabeças.

O mais jovem, que alegou ser o Padre Tiempo, ergueu a tocha e examinou o céu para todos os lados.

— Escolha, garoto — Cipião falou. — Seja o herdeiro de Samuca dos Milagres ou não. Nós temos que sair em breve, e essa oferta não será feita novamente.

— Escolher o quê? — Alex perguntou. — Muita coisa tá acontecendo hoje, e eu não tenho muita certeza do que tá rolando.

— O que significa se ele for o herdeiro desse cara? — Rhonda perguntou.

— Significa tudo — o Tiempo falso explicou. — E todo o tempo. A habilidade de voar pela escuridão entre tempos. De caminhar pelo futuro e pelo passado. De estar quando outros não estão. De ganhar riquezas além da imaginação. De ganhar poder superior ao de reis. De conhecer cada segredo que você quiser.

— Uau. Mas tem que ter uma pegadinha — Rhonda rebateu. — O que é que ele tem que fazer?

— Ele precisa apenas falar quatro palavras — disse o falso Tiempo. — Reivindicar para si o que o pai dele tomou de Abutre.

— Espera. Como meu pai morreu? — Alex perguntou. — Eu me importo mais com isso. E quando? Você disse que ele matou Abutre e depois foi morto. Mas quem o matou?

— Você quer sua herança? Me diga se quer e diga agora — o Tiempo falso retrucou.

Alex moveu os pés sobre a neve compactada. Ele queria respostas, mas esse cara definitivamente não era Tiempo. Isso fazia dele um mentiroso. Ainda assim, ele queria ouvir mais.

— Parece que você quer muito me dar essa herança — Alex falou. — E, seja o que for, com certeza eu vou querer. Mas primeiro me diga como meu pai morreu. Quando, onde, todos os detalhes. Depois eu te respondo.

— Você quer? — o jovem perguntou. — Se este ano é 1982, então seu pai morreu pela última vez em Tenochtitlán, 462 anos atrás. Ele se matou.

— Mentiroso. — Alex deu um passo para trás. — Nunca que Samuca dos Milagres faria isso.

O jovem deu de ombros.

— Assim me informaram e assim espero ver. A realidade é muito mais sombria do que histórias costumam revelar. E, agora, você receberá sua herança.

Os dois homens saíram do arco e moveram as tochas através das paredes de neve. Instantaneamente, o cilindro se desfez e ar afiado e frio inundou Alex, pinicando sua pele.

— Ele escolheu! — o homem jovem gritou e se virou, sorrindo, com os olhos líquidos dançando sob a luz das tochas. — A família dele vai tentar defendê-lo agora. Envie os caçadores para segurá-los!

Cipião assobiou em direção ao arco, e duas criaturas aladas e deformadas saíram aos trancos da escuridão.

Rhonda gritou.

Eram urubus com braços humanos e visíveis nas asas, e dedos dobrados entre penas pretas. As criaturas pularam, batendo as asas, e o fedor delas empurrou Alex para trás.

— O que tá acontecendo? — ele perguntou. — O que…

Uma mulher baixa e gorda pisou sobre a calçada, usando um vestido preto que se estendia até ao chão, a cintura alta amarrada firmemente e, logo abaixo do queixo rechonchudo, renda adornava o pescoço e havia um broche de urubu de duas cabeças. Ela estava segurando uma fina lança de ouro com uma ponta farpada e letal. Sete correntes de ouro balançavam dessa ponta maligna até o punho da mulher. Uma corrente estava quebrada, mas as outras estavam intactas e, logo abaixo de sua mão, seis relógios de ouro estavam pendurados nas correntes. O cabelo grisalho estava puxado para trás num firme coque de bailarina, e seus olhos estavam arregalados e famintos.

— Olá, Alexandre — a mulher falou. Sua voz era como o ronronado de um felino caçando. — Eu conheci bem os seus pais. Muito melhor do que você jamais vai conhecê-los.

— Sra. Devil. — Alex arquejou. Ele a reconheceu facilmente. Ele estava olhando para a mulher que estava por trás de Abutre. A mulher que tinha cultivado os poderes obscuros do arquiforagido. Ela era a inimiga mais real do Padre Tiempo. Isso não era bom. Nem um pouquinho. Segurando Rhonda, Alex escorregou virando-se, tentando correr.

Na escuridão acima dele, Alex viu corujas mergulhando contra os urubus gigantes. Ele ouviu gritos e viu penas arrancadas nas garras delas. Ele viu os homens com olhos líquidos usando suas tochas como armas quando as corujas mergulharam sobre eles. Percebeu que as corujas estavam do lado dele. Qualquer coisa lutando contra esses urubus tinha que estar. Mas elas não seriam suficientes.

E então a Sra. Devil levantou a lança de ouro e pulou em direção a Alex. Rhonda gritou, porém era tarde demais. Alex tinha entrado na armadilha da mulher e agora ia pagar o preço. Com um choque perfurante como um relâmpago, a fina lança dourada penetrou o lado esquerdo das costas de Alex. Através do coração. E emergiu pelo peito.

Alex sentiu como se estivesse flutuando. A dor era tudo. Seus pulmões pararam. O coração parou. Sua mente estava… *com um tique-taque*. Ele olhou para a ponta farpada da lança ensanguentada que emergia de seu peito, enrolada com correntes de ouro e pérolas. Ele sentiu cada elo escorregando para fora da pele.

Seu coração estava gelado. Pesado. E inerte.

A lança foi arrancada dele e ele girou sobre os calcanhares, morrendo, mas ainda em pé, de alguma forma.

A Sra. Devil estava bem à sua frente, sorrindo.

— Seu pai e sua mãe mataram meu William — ela disse. — Mas eu não vou te matar. Eles vão só desejar que eu tivesse matado. Você será minha argila. Está na hora de esculpir outro herói para a escuridão.

A Sra. Devil enfiou a lança no coração dele, mas desta vez não houve dor. Nada doía. Ela poderia estar cutucando-o com o dedo. Alex caiu duro, como uma árvore.

Alex piscou para as estrelas. O frio fazia nós em seu coração e estendia vinhas para cada parte dele. O garoto estava deitado de costas, com concreto e gelo abaixo dele. A mulher estava tocando a cabeça, o peito, as mãos, os olhos… Ela estava fazendo um ritual enquanto falava, e sua voz transitava entre idiomas e compreensão.

— Herdeiro do El Abutre — ela falou. — Sua alma está presa com correntes que não podem se quebrar. Sombras te carregarão. O tempo se submeterá a você. Você será El Terremoto; pois, abaixo de você, mundos tremerão. O quinto sol vai se pôr. A quinta era terminará. E você governará a sexta, respondendo somente a mim. O coração de Terremoto está acorrentado pelo poder das Tzitzimime, as mães. Terremoto se alimenta do medo dos mortais. Terremoto.

A escuridão desceu, engolindo as estrelas, engolindo o tempo, fossilizando Alexandre dos Milagres numa cama de pesado nada.

Quando Alex abriu os olhos, seu corpo parecia lama congelada. Rhonda estava inclinada sobre ele.

— O que aconteceu? — ele perguntou.

— Me diz você. Isso foi incrível. Eu estava prestes a tentar massagem cardíaca. Como você ainda tá vivo?

— O que foi incrível?

— Tudo. Aquele portal de fogo de relâmpago verde. Aqueles caras com as tochas. Você sendo perfurado no coração e ainda estar falando.

— Com correntes. — Alex conseguia sentir pesos de metal no próprio peito, organizados abaixo da camiseta. Relógios? De alguma forma, eles pareciam mais quentes que sua pele. Mas a pele estava tão fria, que isso não seria difícil.

— Eu achei que aquela mulher tinha te matado. E havia pássaros enormes por todo lado, corujas e urubus lutando, e aí eu acordei na neve.

Alex se sentou lentamente. Ele esperava que as correntes escorregassem do peito para a barriga, mas não caíram. Elas ficaram pregadas como ímãs numa geladeira.

A noite estava quase perfeitamente silenciosa. Um velho poste zumbia do outro lado da rua. Um carro deu a ignição ao longe. Ele ouviu a risada da mãe dentro da casa atrás dele.

— Seus pais estão vindo — Rhonda falou. — Levanta. Rápido. E fica de boa.

Ela tentou segurar as mãos de Alex, mas ele as puxou. Rhonda se afastou.

— Toca em mim e eu te mato. — As palavras saíram com um rosnado e uma fúria trovejou por ele como jamais tinha sentido, como uma inundação surgindo de um lugar e indo para outro. Ele era apenas o bueiro da tempestade. Um canal. Era aterrorizante. E quente. E… poderoso.

Ele tentou se levantar rápido, mas seus calcanhares escorregaram na neve e ele caiu sentado de novo. Seu corpo parecia estranhamente destrambelhado.

— Esquece — ele falou, esticando as mãos. — Me ajuda.

Rhonda levantou uma sobrancelha.

— Tem certeza?

Alex assentiu e a garota deu um passo à frente, segurou as mãos dele e o colocou de pé. Água gelada escorreu da cabeça dele, e a visão ficou embaçada. Atrás de si, ouviu a porta da frente abrir-se. Ele empurrou a garota. Eles estavam praticamente se abraçando.

— Ei, vocês dois — Mila falou. — Caminharam ou só ficaram aí?

— Só aqui — Rhonda respondeu. — Vimos algumas estrelas cadentes.

— Alguma aurora boreal? — Judá perguntou.

— Não — Rhonda respondeu. — Nenhuma. Né, Alex? Você viu alguma aurora boreal?

Alex balançou a cabeça. Tropeçando sobre a calçada e pela neve funda, ele cambaleou sobre o jardim até a porta de sua casa.

— Ele está bem? — Chong-Won perguntou atrás dele.

— Tenho certeza de que ele tá bem — Judá respondeu. — Provavelmente só precisa dormir.

Alex abriu a porta de casa com um solavanco e entrou cambaleando na sala. Raiva fervia dentro dele. Chutou as botas com neve na televisão, agarrou um galho da árvore de Natal, puxando-a atrás de si enquanto passava, e se dirigiu para a mesa da sala de jantar e para a máquina de escrever do pai.

Nova regra. Judá não pode escrever. Quanto do que ele escrevia eram mentiras? Ele nunca tinha contado para Alex o que acontecera com seu pai. E os livros dele tratavam os relógios de Abutre como algo mau. Mas não eram. Não poderiam ser. Não mais. Eles eram seus.

Alex segurou a pesada máquina e a ergueu sobre o ombro. A raiva o fazia sentir-se forte, mesmo que ele não soubesse exatamente por que estava com raiva.

Ele arremessou a máquina na janela acima da pia da cozinha. Vidro explodiu e, simples assim, a máquina sumiu, provavelmente num monte de neve ao lado de latas de lixo no beco.

Alex foi mancando pelo corredor até o quarto. Ele precisava da cama. Precisava de cobertores e calor. Precisava dormir.

Samuca dos Milagres correu escadas acima até o quarto de Glória, dois degraus por passo, com o cabelo opaco e grande batendo na testa. Ele pediria para a irmã cortar depois. Ele se sentia bem. Não acontecia nada na vida da Terra do Nunca havia meses. Além disso, ele estava mastigando o último pedaço de um pãozinho assado na lareira feito por sua incrível irmã, amanteigado por ela e até com mel das suas generosas abelhas. Na mão direita, ele estava com outro pãozinho e algumas tiras de bacon enrolados num guardanapo de tecido para Glória. Enquanto ele subia, Pati forçou a mão esquerda dele na frente do corpo para investigar o que Pinta estava segurando na mão direita e Pinta se afastou com seu fardo, mantendo-o escondido.

Às vezes, as mãos dele se comportavam como crianças. E elas sempre ficavam fascinadas com qualquer tipo de carne. Não que pudessem experimentar o gosto. Mas talvez pudessem. Talvez elas pudessem sentir o gosto e o cheiro que Samuca sentia. Isso explicaria o interesse delas, já que esse pãozinho e o bacon estavam incríveis.

Quando ele se aproximou da porta entreaberta de Glória, Pinta relaxou. Samuca levantou a mão esquerda para bater à porta, mas, em vez de bater, Pati puxou o corpo dele, acertando o guardanapo morno na mão direita.

Desequilibrando-se, Samuca bateu com o ombro esquerdo na porta e tropeçou para dentro do quarto, colidindo com Judá.

— Para com isso! — ele gritou. Tentou afastar Pati, mas nem ela nem Pinta queriam soltar a presa de pãozinho e bacon quentes.

— Glória, você pode pegar isso? — Samuca pediu. — Com certeza já tá amassado e feio agora, mas ainda deve estar gostoso.

Glória estava olhando para ele. Ela não se moveu.

— Vamos, por favor? — Samuca geralmente conseguia forçar as mãos à obediência, contanto que elas estivessem se rebelando uma de cada vez. Era incrivelmente difícil quando as duas ficavam más. — Eu não consigo abrir meus dedos.

Glória deu um passo à frente e pegou o guardanapo com as duas mãos. Os chocalhos de Samuca imediatamente começaram a zumbir abaixo da camiseta dele e o olho amarelo de Pati concentrou-se em Glória. Pinta tinha o bom senso de não olhar para ela.

— Ah, deixa disso. — Glória arrancou o guardanapo da mão dele e o jogou sobre a cama atrás dela. As cobras seguiram o movimento pelo ar, enroscadas e prontas para dar o bote, mas a comida já estava bem longe do alcance agora.

Samuca enfiou as mãos nos bolsos da calça jeans.

Reclamações e raiva ofídias subiram pelos braços dele e se misturaram na mente.

ESTÚPIDAS. Ele forçou o pensamento pelos braços. *FIQUEM QUIETAS.*

Pinta obedeceu instantaneamente, relaxando o braço direito de Samuca. Pati continuou tensa, mas parou de reclamar.

— Desculpa — Samuca falou. — Tem manteiga e mel ali. E eu sei que você queria levantar cedo hoje.

— Samuca. Temos um problema. — Glória cruzou os braços.

— São os porcos? — Samuca perguntou. — Eu os ouvi ontem à noite, mas Mila falou que eles estão bem.

— A Sra. Devil está criando um herdeiro para Abutre — Glória falou. — E, de acordo com a mensagem de um Judá mais velho, ele mata todos nós.

5

O primeiro voo

MILA E JUDÁ ESTAVAM JUNTOS NO QUARTO DE ALEX. Luz entrava no quarto escuro através da porta aberta atrás deles. Mila segurou o braço de Judá com força enquanto olhava Alex dormindo. Ele estava completamente vestido, ainda com as calças e o suéter que ela tinha exigido, encolhido no beliche de cima. As sobrancelhas dele estavam franzidas e o rosto congelado numa expressão de dor.

— Ele tá respirando? — Mila perguntou. Sem esperar uma resposta, ela foi até o beliche, analisando o rosto do filho, colocando a mão gentilmente sobre as costas dele, e então passando dois dedos pela lateral do pescoço dele. — Tá pegando fogo — ela sussurrou. — Ele precisa de um médico.

— Ele precisa dormir — Judá respondeu. — E de paz na mente.

Mila ficou nas pontas dos pés e se inclinou para a frente, plantando um beijo na testa quente do filho.

— Te amo, Alex — ela disse.

Então, afastou-se na direção do marido, passando a mão sob o braço de Judá. Angústia, preocupação e culpa estavam borbulhando no peito dela. Não era tão durona quando costumava ser. Ela havia sido mais durona como uma garota, como uma irmã, lutando para sobreviver. Mas como uma mãe? Ver Alex com dores a fazia querer se encolher num canto e chorar. Ela não faria isso. Não poderia. Mas queria.

— Nós fizemos tudo errado — Mila falou. — Tudo. Nós deveríamos ter contado para ele que as histórias eram verdade. Nós deveríamos ter contado para ele todas as histórias que conhecíamos sobre Samuca e Glória. — Ela secou os cantos dos olhos. — Ele deveria ter crescido sabendo quem ele é, quem o pai dele é, a quem ele pertence. Ele não teria ficado tão chateado. E agora alguém está com o sangue dele e você perdeu um manuscrito. Algo terrível está chegando, eu sei que está.

— Ele teria ficado frustrado todos os dias de sua vida — Judá respondeu. — Nós não sabemos para onde Samuca e Glória foram ou por que nunca voltaram. Nós sabemos que eles o queriam escondido aqui, e ele teria ficado desesperado para procurá-los, para sair daqui e vagar por estradas através do tempo que jamais foram para ele. Isso o teria deixado louco. Nós lhe demos uma infância real, com irmãs. Era isso que Samuca e Glória queriam.

Mila fungou.

— Ele atirou sua máquina pela janela, Judá. Ele odeia a gente. Nós o tentamos para que nos odiasse, e agora ele odeia.

— Ele tá chateado. Amanhã, a gente conversa. Ele vai ler a próxima história e eu vou responder a cada pergunta que puder sobre os pais dele. Nós nunca mentimos para ele. Ele sabe disso. Vai superar isso.

Judá foi ao beliche e colocou um grosso manuscrito, amarrado com fitas, sobre o colchão, ao lado do filho. Então, colocou a mão sobre a cabeça de Alex.

— Sinto muito, filhão. É difícil.

Eles não fecharam a porta completamente quando saíram. Uma fatia de luz dividiu o quarto e formou uma faixa subindo pela parede, até a janela.

Imóvel, Alex dormiu. Horas de silêncio se passaram. Seus pais olharam lá dentro de novo e então a luz do corredor foi apagada, a porta foi fechada e a noite profunda se instalou.

Seis relógios de ouro e uma corrente quebrada saíram lentamente para fora do suéter de Alex. Eles flutuaram no ar acima do beliche. Os elos de ouro com pérolas ficaram retesados e o corpo de Alex escorregou em direção à beirada do beliche, com o rosto para baixo, esmagando o manuscrito do pai.

Primeiro, um braço caiu sobre a lateral. E então a cabeça, balançando mole. E então o outro braço. Os relógios e as correntes se espalhavam como asas, três relógios para cada lado, e a corrente quebrada acima da sua cabeça.

Com somente as canelas e os pés ainda sobre o beliche, o corpo de Alex estava suspenso no ar. Os relógios de ouro brilhavam, com os ponteiros marchando em ritmos diferentes, preenchendo o quarto com tique-taques caóticos que aumentavam cada vez mais, finalmente se juntando numa única batida intrincada.

Acorde. Estique suas asas de relógios. Teste seu poder.

O sussurro pertencia à Sra. Devil. Alex abriu os olhos. Ele piscou, focando o chão. E então se remexeu com a certeza súbita de que estava caindo.

Mas não estava.

Seus pés deixaram o beliche, balançando e atirando centenas das páginas do manuscrito de Judá pelo quarto, mas todas elas desaceleraram e pararam no ar, como uma nuvem congelada de papel jogado.

Alex ficou pendurado nas correntes douradas, descendo lentamente entre as páginas sem peso até seus pés tocarem o chão. O tempo tinha desacelerado ao redor. Sua existência tinha acelerado tanto que o ar ao seu redor parecia um líquido pesado.

Ele pulou em direção à porta nas pontas dos pés e parecia que estava andando dentro de uma piscina. Ao lado da porta, ele ligou a luz. Mas, nessa velocidade, o movimento foi violento demais. O interruptor de plástico quebrou e girou pelo ar. Ele ouviu o zumbido da eletricidade passando pelos fios de cobre, e então a luz ligou, mas lentamente aos olhos dele, piscando como pulsações rítmicas enquanto as páginas do manuscrito finalmente começavam a chegar ao chão verde-ervilha.

Acima da luz, o teto de Alex tinha sumido, assim como o céu. Seu quarto estava aberto para uma dimensão estranha, de outro mundo. Ele estava em pé abaixo de uma caverna de escuridão sem fim. Grossa, pesada e inesgotável.

E, na sua janela, havia um rosto. Rhonda. As sobrancelhas dela ainda estavam se levantando de surpresa, em câmera lenta.

Saia deste lugar. Voe para a escuridão entre os tempos.

O sussurro tinha a voz da Sra. Devil, mas vinha de dentro do coração de Alex e trazia consigo um desejo arrebatador. Mais do que qualquer coisa, Alex queria pular para a escuridão e voar. Ele queria ver o que não era visto. Queria tomar. Conquistar. Até matar.

— Ela pode vir? Quero mostrar para ela — ele pediu.

Você é El Terremoto. Não peça. Tome.

Alex caminhou em direção à janela, com os relógios e correntes flutuantes penduradas no ar atrás e acima dele.

Rhonda não era de bisbilhotar. Não normalmente. Mas essa não havia sido uma noite normal, nem de longe. O que havia começado como uma vergonha horrenda (fazer-se de anfitriã para um garoto nerd da série abaixo da dela) tinha se tornado a noite da vida dela. E o garoto nerd… bem, ele era algo completamente diferente.

Mensagens em sangue sob a pele dele?

Um portal sombrio no ar?

Homens com olhos líquidos e corujas e urubus brigando acima da rua?

Não era surreal. Era além do real. Tão além do real que ela havia se perguntado se sua mãe não tinha, acidentalmente, fritado polvos alucinógenos.

E aquela mulher tinha perfurado o coração de Alex. Tinha certeza disso. Atravessando as costas dele e saindo pelo peito.

Mas ele tinha acordado e agido normalmente. Não, não foi normal. Mas estava vivo. E, quando Rhonda finalmente terminou de lavar tudo com a mãe e foi liberada, ela ficou na janela, esperando pelas luzes de uma ambulância quando o Sr. e a Sra. Monroe descobrissem que o filho deles estava, na verdade, morto. Essas luzes nunca vieram.

Dormir era impossível. E, embora ela já tivesse concordado em sair de fininho e encontrar-se com os amigos do teatro para verem um filme à meia-noite, ela ficou grudada na janela até bem depois desse horário. E então decidiu que alguém deveria verificar Alex. Ele provavelmente estava morto, mas seus pais estavam dormindo e não descobririam até de manhã.

Usando luvas caseiras com um cachecol e gorro combinando (definitivamente o que ela não usaria se fosse encontrar-se com os amigos), ela vestiu um casaco fofinho, trancou a porta do quarto e saiu pela janela, caindo calmamente sobre a neve acumulada que tinha enterrado o zimbro horrível que a impedia de fazer tais coisas durante o verão.

E então, na luz rosada do inverno, ela caminhou até a janela que espelhava a sua, do outro lado da casa geminada. Subiu sobre a neve e o zimbro abaixo do vidro gelado, limpou um espaço para ver e pressionou o rosto ali.

Se Alex estivesse morto, ele estava morto no ar. Seus pés estavam sobre o beliche, os braços e a cabeça pendurados, e algum tipo de rede de correntes o segurava por debaixo do peito.

Então ela piscou. E tudo diante dela mudou. Centenas de páginas soltas voaram pelo quarto. Alex virou um borrão rápido. A luz acendeu, e a nova e borrada versão de Alex estava subitamente bem na frente dela. Como um raio, ele abriu a janela entre os dois, rachando o vidro barato.

Ela nem teve tempo de gritar.

A mão brilhante e borrada de Alex se esticou pela abertura. O rosto dele estava pulsando e os olhos deixavam um rastro de fumaça. Ele estava angelical. Ou diabólico. E ela não se importava muito se era um ou outro.

Ele estava incrível.

Ela tirou as luvas e segurou a mão borrada dele. E, no instante em que a pele dela tocou a dele, Alex subitamente ficou sólido diante dela e todo o restante do mundo desacelerou. Mas não foi apenas a velocidade da realidade que mudou. O céu estava aberto acima deles. O teto da casa havia sido engolido por uma escuridão pesada, como o portal na calçada mais cedo. Era como se ela e Alex estivessem um dentro e um fora de uma casinha de bonecas, de mãos dadas. Asas de relógios de ouro brilhantes formavam asas acima dele com as correntes. Conforme os relógios se moviam, a escuridão girava acima dos dois.

— Entra aqui — Alex falou e a puxou. Ela pulou e mergulhou pela janela sobre os braços dele. Alex a levantou e juntos olharam para além da luminária levitando na escuridão vazia acima deles.

— O que tá acontecendo? — Rhonda perguntou.

— Acho que estamos olhando para fora do tempo. Eu tenho as asas-relógio de Abutre agora. Acho que consigo voar por ali. Quer vir? — Os relógios brilharam mais, esticando-se para cima, puxando Alex pelo coração e pela alma. Ele não esperou uma resposta. — Se segura — ele avisou e Rhonda colocou as mangas fofinhas ao redor dele.

Alex pulou. As asas de corrente chacoalharam e giraram acima dele, e os dois subiram para a escuridão.

Olhando para baixo, entre os pés, Alex viu a casa sem telhado diminuindo abaixo dele. Seu pai e sua mãe estavam de roupões no corredor fora do quarto dele. Os pais de Rhonda estavam dormindo. E aí havia a casa do vizinho com alguém dormindo na frente da TV, e na casa ao lado havia dois cachorros latindo silenciosamente para ele, de alguma forma capazes de ver onde os humanos não conseguiam, e tudo isso estava sumindo rapidamente conforme ia diminuindo, engolido pela escuridão.

Fora da casa geminada dos Monroe, uma sombra alada desceu de uma coruja empoleirada num poste. Dois cachorros estavam latindo freneticamente de dentro da casa de um vizinho, enquanto a sombra passava pela janela quebrada do quarto de Alex e então saía de novo, subindo rapidamente para acordar a coruja. Momentos depois, cinco corujas voaram para dentro da janela da casa e o grito assustado de Mila se juntou aos latidos abafados dos cães.

Mila estava com as duas mãos sobre a boca, lutando para não chorar. Judá chutou as folhas jogadas aos pés dele. A cama vazia. A janela quebrada.

Alex sumiu. Levado, Judá tinha certeza, por poderes monstruosos aliados à Sra. Devil ou aos seus demônios. Levado para ser treinado. Ele e Mila tinham feito o melhor que podiam para escondê-lo. Mas aconteceu mesmo assim. Memórias fracas como um sonho e temores surgiram de cantos escuros em sua mente. O manuscrito que havia sido queimado na noite anterior. Partes dele estavam entrando em foco como um déjà-vu horripilante. Ele havia escrito essa história num estado de sono. A história do sequestro de Alex dos Milagres. Os relógios, amuletos das Tzitzimime, foram implantados no coração do garoto naquela história. O filho de Samuca dos Milagres havia se tornado o herdeiro de Abutre. Judá havia enviado um alerta para si mesmo, a fim de que Alex ficasse escondido. E aqui estava ele, numa cidadezinha em Idaho, em 1982, onde o garoto estava escondido. Mas não importava. Alex ainda assim sumiu.

Judá levou os punhos à cabeça e gemeu de raiva.

E então as cinco corujas enormes entraram no quarto e Mila não conseguiu conter o próprio grito assustado.

A maior coruja cinza pousou na escrivaninha, mostrou largas asas pingando com um vermelho alarmante e então pulou para o chão. Quando a ave pousou, já era um homem alto com botas altas e calças com botões de latão. Ele usava um colete de um vermelho vivo sem camisa por baixo, apesar do frio, e uma bandana vermelha abaixo de uma cartola alta. Judá não se lembrava dessa parte da história, mas isso lhe deu esperança. Especialmente porque ele conhecia esse homem. Havia sonhado com ele várias vezes. Ele o tinha descrito várias vezes. O homem que resgatara Samuca dos Milagres quando ele estava jogado no deserto, destruído. O homem que tinha implantado cascavéis nos braços de Samuca, equipando suas mãos com a velocidade para enfrentar El Abutre. O último chefe livre do povo navajo e o irmão do Padre Tiempo.

Gesticulando para as outras aves, o homem alto falou numa língua estranha e as quatro corujas ficaram obedientemente no lugar.

O gigante se virou para eles.

— Manuelito — Judá falou. — Acho que não nos conhecemos. Não de verdade, mas…

— Nós nos conhecemos — Manuelito respondeu. — Em seus sonhos. Eu sinto muito que estejamos nos encontrando de novo agora. — Ele cumprimentou Mila com a cabeça e levantou ligeiramente o chapéu antes de prosseguir. — Eu não entendi o plano de Devil a tempo. Mas ela estava nos distraindo com movimentações estranhas em nosso tempo antigo. Acreditei que ela estava preparando meu antigo tormento e inimigo, Christopher Carson, chamado Kit, como o novo Abutre dela, retirando-o da vitória dele sobre meu povo. Ela deu a ele um amuleto do tempo, de poder similar ao dos relógios de Abutre. Mas isso foi apenas um embuste. Ela atravessou o continente e os séculos até este lugar. Horas atrás, e pela mão dela, o coração do seu garoto foi perfurado com as diabólicas correntes temporais de El Abutre. Nós não fomos capazes de impedir isso, e dois da minha família foram derrubados durante a tentativa. Eu oro para que eles se ergam vivos de suas projeções oníricas para seus lugares e tempos, mas podem não conseguir. O garoto escolheu ser o herdeiro de Abutre por vontade própria. E agora, novamente por vontade própria, ele adentrou na escuridão além do tempo. Mesmo como corujas em voos oníricos, nós não podemos segui-lo com qualquer esperança de encontrá-lo. Não podemos ver nada na escuridão exterior.

— Não — Mila respondeu. — Alguém o levou. Ele não foi por vontade própria. A janela, as folhas… — Ela apontou pelo quarto.

— A garota entrou — Manuelito disse. — Ela viaja com ele.

Mila olhou para Judá com os olhos arregalados.

— Mas ele sabia sobre Abutre. Sabia que ele era mau. Ele não teria feito isso. Não pode ter feito.

Manuelito assentiu para o corujão-orelhudo sobre a estante. A ave pulou, batendo as asas azul-claras e aterrissou como um jovem magro com olhos firmes.

— Eu sou Baptisto — ele disse. — Houve enganações. Ele não entendeu a própria escolha, mas tomou-a mesmo assim. As correntes estão presas ao coração e à alma dele. Se não lutar contra elas até a própria morte, ele logo pertencerá a elas completamente.

Mila secou os olhos, fechou-os e cruzou os braços. Ela sentiu Judá ao seu lado. O braço dele passou sobre os ombros dela.

— Sinto muito — ele sussurrou. — Sinto muito mesmo. Você estava certa. Se eu tivesse contado as histórias certas para ele… se ele soubesse de tudo… ele não estaria tão…

— Sozinho — Mila acrescentou baixinho.

— O que fazemos agora? — Judá perguntou. — O que podemos fazer?

— Orar para que ele seja morto — Manuelito respondeu. — Antes que concretize o nome pronunciado sobre ele e a quinta era termine.

— Não, não vou fazer isso — Mila falou.

— Que nome é esse? — Judá perguntou; mas, assim que o fez, ele já soube a resposta, com novas partes da terceira história dos Milagres ficando mais nítidas em sua memória, história esta que foi digitada num transe parcial como as primeiras duas, mas levada e queimada antes que pudesse lê-la toda, antes que pudesse tentar mudá-la com suas escolhas. Agora, ele entendia por que ela havia sido roubada e queimada. Foram Devil e os demônios dela, com certeza.

— Ele foi chamado El Terremoto — Judá falou. — O terremoto dos terremotos. Aquele que vai afogar países no mar.

Manuelito assentiu e falou:

— Eu sinto muito. E agora nós devemos acordar. Todos os homens enfrentam a desolação em seus próprios tempos e nós devemos voltar para o nosso. Meu povo está faminto e sendo caçado. Eles precisam de nós. O garoto vai entrar no tempo de novo, vindo da escuridão além, e nós procuraremos por ele outra vez. Vocês devem informar aos pais do garoto. De alguma forma. Eu direi ao meu irmão, se puder. Pedro Aguiar, aquele a quem vocês chamam Padre Tiempo. Ele trabalhará pela salvação do garoto.

As três corujas que não haviam se transformado em pessoas saltitaram pelo quarto e pularam janela afora. Baptisto mergulhou depois delas, com as penas reaparecendo no ar quando ele bateu os braços.

Manuelito entregou à Mila e Judá uma pena para cada um.

— Se vocês precisarem de nós, queimem uma destas. Em qualquer tempo e em qualquer lugar, nós encontraremos vocês.

— Obrigado. Eu não sabia que vocês eram troca-peles — Judá falou.

Manuelito rosnou para ele.

— Não somos. Eles são morte e escuridão, fortalecidos pelo assassinato de parentes, moldados pela crueldade e pelo mal. Nós somos viajantes dos sonhos, e a alma em sonho pode aprender a tomar formas e voar para onde quiser, contanto que se lembre do caminho de casa.

Uma grande coruja cinza subitamente bateu as asas no ar diante deles, mostrando um forte vermelho sob as asas. E então Manuelito se foi.

O pé de Alex se arrastou contra algo na escuridão completa. Havia chão neste lugar? Um piso? Os relógios brilhantes esticados acima eram tudo que ele conseguia ver e a solitária corrente quebrada acima da cabeça. Rhonda estava agarrada nele, reclamando baixinho.

— Eu tô enjoada — ela disse.

— Bom, não vomita em mim — Alex rebateu. — Vira para lá.

Seis jardins do tempo são seus agora, a voz da Sra. Devil ronronou pelos ossos dele. *Âncoras atemporais em reinos diferentes. Escolha um relógio. Eles te guiarão.*

Alex olhou para os relógios flutuantes. Ele pegou a corrente com mais pérolas e puxou o relógio dela. O cristal era rodeado por ouro trançado. Cada um dos ponteiros tinha uma lasca de diamante, mas os números do relógio eram ouro líquido, sempre mudando.

— Esse aqui — ele disse, mas nada aconteceu. Talvez tivesse que dar corda. O segundo ponteiro estava tremendo no lugar. Ele girou a engrenagem na parte superior, mas nada mudou. Puxou a engrenagem e girou de novo. Os ponteiros giraram e os números líquidos mudaram de forma. Mas só isso.

Rhonda gemeu sobre as costelas dele.

— Eu falei para virar para lá — Alex disse. — Ei! — ele falou alto. Se a tal da Devil conseguia falar dentro dele, talvez ela conseguisse ouvi-lo também. — Não tá funcionando. Não tá me levando a lugar nenhum.

Nada.

Então tá bom. Olhando para cima, ele afastou a corrente quebrada acima da cabeça e soltou o relógio em seu lugar. Ele tremeu e girou, virando um borrão. As asas-relógio laterais fizeram o mesmo.

Eles estavam se movendo. De início, lentamente e então a uma velocidade vertiginosa. A escuridão piscava abaixo dele, revelando vislumbres do mundo conforme ele voava. Alex fechou os olhos e seu coração palpitava aceleradamente, aquecido pelas correntes que vibravam no peito.

Era impossível medir a distância. Porém, quando os pés e depois as pernas dele se arrastaram até pararem sobre uma superfície firme, Alex estava exausto. Deixando Rhonda cair, ele a ouviu batendo pesadamente sobre algo oco, mal conseguindo dar um gritinho.

A vasta escuridão não era mais infinita. Agora, ela tinha um fundo, e Alex estava sobre ele.

Esticando os braços para baixo, ele encontrou um piso de pranchas de madeira e se abaixou sobre ele enquanto os relógios caíam ao seu redor. A superfície cheirava a pó e limão. Quando ele respirou fundo, luz fraca entrou em sua consciência, subindo de uma escadaria enfiada no chão logo adiante. Nada mais estava visível em lugar algum.

Tonto, ele ficou de joelhos, e então se levantou. Puxando os relógios, colocou-os de volta sob a camiseta. Quando eles tocaram sua pele, cada um se prendeu no lugar, girando até as correntes estarem enroladas firmemente. Assim que Alex teve certeza de que não ia cair, foi em direção às escadas. Rhonda se sentou devagar, seu casaco fofinho fazendo barulho.

— Você vai vir? — Alex perguntou.

— Claro! — Rhonda engatinhou para a frente. — Você não vai me deixar aqui fora.

Quando ela chegou às escadas, os dois estavam lado a lado no topo de escadas mal iluminadas.

— Você tem alguma ideia de onde estamos? — ela perguntou.

— Nenhuma. Estamos passeando. Não sei nem *quando* estamos. Vamos. — Ele pegou a mão dela e ambos começaram a descer os degraus.

A escadaria era de ferro, girando ao redor de um pilar central de ferro fundido. Deram duas voltas. Três. E a luz, embora ainda fraca, ficava mais forte conforme Alex e Rhonda desciam.

No fundo, eles estavam sobre uma plataforma de ferro diante de uma porta com o pórtico pontiagudo. Luz branca a delineava. Do outro lado, Alex ouviu vozes. Falavam francês.

Rhonda começou a apalpar a porta, procurando uma maçaneta.

— Tem pessoas aí — Alex disse. — E não estão falando inglês. Não sei se deveríamos fazer isso.

— Claro que devemos. Vamos descobrir pra onde o seu relógio trouxe a gente.

Um ruído metálico pesado. Dobradiças gemeram e a porta se abriu.

Segurando a mão de Alex, Rhonda o puxou para o maior e mais opulento cômodo que ele já tinha visto. Era um longo retângulo e as laterais estavam cobertas com estantes de livros de dois andares, finamente entalhadas. O piso estava coberto com peles exóticas e vívida tapeçaria oriental.

O teto era todo de vidro e vigas de ferro fundido, e uma das paredes do fundo mostrava um panorama de Paris e toda a extensão da torre Eiffel. A outra se abria para um viçoso pátio ajardinado, e, no centro dele, havia um grande relógio de sol. Acorrentado ao relógio de sol e flutuando no ar, Alex viu um relógio de ouro e sentiu que o relógio o viu. Uma corrente puxou o coração dele em direção ao jardim. Ao mesmo tempo, o relógio flutuante no pátio se dobrou na sua direção, apontando diretamente para ele.

No meio do cômodo, o piso tinha uma reentrância no chão com uma enorme mesa no meio, coberta de mapas e rodeada por homens com barbas pontudas, espadas nas bainhas, vestidos em uniformes militares decorados com listras e fitas que os faziam parecer aves do paraíso. Somente um homem estava sentado. Ele estava usando um smoking coberto de bordados prateados que combinavam com a barba branca, e estava batendo na mesa e gritando. Os outros homens estavam claramente esperando para gritarem de volta.

— Alex — Rhonda sussurrou e apontou com o polegar para a porta atrás dele. Só que não era uma porta. Era um enorme relógio de madeira encaixado no meio de uma estante. Eles haviam entrado por uma entrada secreta. — Acho que não deveríamos dar oi.

A gritaria aumentou e o homem na cadeira se levantou de supetão, bateu no mapa diante de si e então apontou para o relógio. Mas o relógio ainda estava aberto. Os olhos do homem pousaram sobre Alex.

Todas as cabeças se viraram. Olhos se arregalaram.

Alex limpou a garganta e perguntou:

— Que ano é este? Aqui é Paris de verdade? Nós viemos pela escuridão entre os tempos. Tinha uma escada.

— Espião! — o homem gritou.

Todas as espadas foram sacadas. Três homens também sacaram pistolas.

— Beleza — Rhonda falou e tentou puxar Alex de volta.

Mas o coração dele estava pulando, pulsando um calor eletrizante por cada canto do corpo, e sua mente estalou com fúria. Ele caminhou na direção dos homens.

— Me digam: que ano é este? — Alex falou.

— 1914. Identifique-se — o homem de smoking exigiu. Seu sotaque era forte. — Inglês? Americano? Por que veio aqui?

— Primeira Guerra Mundial — Rhonda falou atrás de Alex. — Nós deveríamos ir. Não é uma época boa para ficarmos na Europa. — Ela segurou o suéter dele e tentou puxá-lo de volta. O braço dele pulou mais rápido que o pensamento e ele deu um tapa nela com as costas da mão. Soltando-o, Rhonda cambaleou para a entrada do relógio e começou a chorar. — Alex, por favor!

Lá no fundo dele, uma bolha de culpa tentou subir, mas a raiva a engoliu rapidamente.

É mais fácil se mover pelo tempo quando há mortes. Mortes deixam um buraco. Esses assassinos de milhões de pessoas estão agachados do lado de fora do seu jardim, Devil sussurrou na cabeça de Alex.

— Eu sou El Terremoto — Alex falou.

— Espanhol? Nós te enforcaremos por ser um espião! — Um homem alto, do formato de um sabre, caminhou para a frente com a pistola apontada para a cabeça de Alex e a espada balançando contra a coxa. — Para onde essa porta leva? Há quanto tempo você está ouvindo? Há quanto tempo os espanhóis estão ajudando o Kaiser?

Mate, a Sra. Devil ronronou dentro dele.

E Alex sabia que mataria.

Talvez.

6

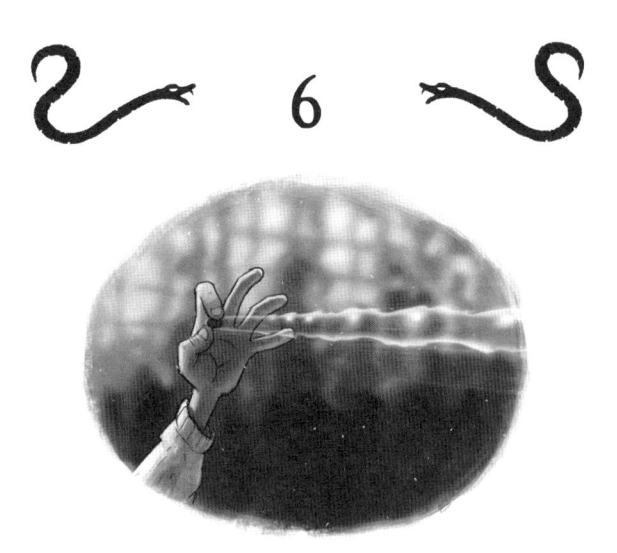

A primeira morte

Os relógios de ouro saíram da camiseta de Alex quando o homem alto disparou a pistola. O tempo desacelerou até quase parar. Dentro dele, Alex ficou mais rápido que o som.

Ele viu o cão da pistola pular lentamente. Um anel de fumaça saiu do cano ao redor de uma bala instável, impelida por uma chama lenta como um caracol saindo do casco. Foi o primeiro anel de fumaça que Alex já tinha visto, e o fez pensar em hobbits e cachimbos. A aparência era a mesma quando soprada pela boca de um hobbit? Ele queria saber.

A bala ondulou pelo ar em direção ao seu rosto e ele a pegou com o polegar e o indicador. O chumbo deveria estar quente, mas, na velocidade em que Alex estava se movendo, parecia gelado contra a sua pele. Tirando-a do ar, ele a virou em direção aos homens na mesa e a jogou como um dardo preguiçoso.

O homem alto estava atirando de novo. Os outros também. Pulando pelo ar lento, espesso como um líquido, Alex correu em direção à mesa. Quando chegou até ela, olhou para os homens, alguns ainda no meio de uma piscada enquanto disparavam armas na porta onde ele estivera havia pouco. Risadas brotaram dentro dele e borbulharam para fora.

Mate! Me mostre que você consegue matar! Todos eles! A Sra. Devil ordenou.

Mas Alex não queria. Queria? Poderia ser divertido. Contudo, pelo quanto eles estavam lentos, não poderiam machucá-lo. Ele se sentiria mal. E quem era a Sra. Devil para ficar mandando nele? Era ele que tinha os relógios, afinal. Ela tinha o quê?

— Não, eu não preciso. — Alex pegou o mapa da mesa diante do comandante de smoking, o amassou e jogou no chão. O homem parecia muito sério, com a barba branca, a cabeça careca e os olhos firmes. E esses olhos estavam girando na direção de Alex, tentando se mover mais rápido do que o tempo deles.

— Você consegue me ver? — Alex perguntou. — Consegue, não é? Pelo canto do olho?

Com as costas da mão, Alex amassou a barba pontuda do homem.

Pelo canto do olho, somente a centímetros abaixo da mão, ele viu a primeira bala que havia segurado e jogado nesta direção. Ela estava girando verticalmente, descendo. E então ela atingiu o homem no peito. Alex viu os fios do bordado de seda do smoking se desfazerem e estourarem conforme a bala entrava nele.

— Não! Não, não, não! — Alex gritou. Ele tentou impedir o ferimento, mas a bala já tinha sumido. Ele rasgou o smoking e a camisa do homem e viu a pele se projetar para fora como um beijo.

O homem se inclinou para trás, afastando-se das mãos dele.

Alex segurou as correntes de ouro, puxou os relógios e os balançou.

— Volta! Vai para trás! — ele gritou.

O tempo acelerou. Ele estava se movendo a uma velocidade normal de novo.

Disparos de balas rugiram ao seu redor, e o corpo do homem subitamente acelerou para trás, caindo com a cadeira no chão. Alex caiu sobre os joelhos e engatinhou em direção ao homem caído.

— Assassino! Primeiro-ministro!

Homens com espadas pularam em sua direção, enquanto ele colocava os dedos contra o pescoço do primeiro-ministro francês para conferir o pulso. Não sentiu nada.

Olhando para cima, viu uma lâmina brilhar em direção à sua garganta, então ele mergulhou para o lado, rolando sobre o carpete e levantando-se num salto. Os relógios estavam se arrastando, pendurados, atrás dele.

Homens com faixas sobre os peitos e armas nas mãos estavam vindo na sua direção, cuspindo xingamentos em francês. Ele recuou em direção ao pátio atrás do vidro. Rhonda pulou de onde estava agachada perto do relógio e correu até ele.

— Eu não queria, juro! — Alex falou. — Eu nem tenho uma arma. Vocês não deveriam ter tentado atirar em mim. Foi tipo um ricochete.

— Ricochete? — O homem mais próximo, com o cabelo partido e untado e um bigode de Zorro, zombou da palavra.

— Você será enforcado, Terremoto. Suas entranhas serão espalhadas nas ruas por essa traição espanhola.

Alex ajuntou as correntes dos relógios com a mão direita. Rhonda se esquivou por entre os homens e se agarrou a ele pela esquerda.

Meio segundo depois, os relógios estavam no ar, e Rhonda e Alex estavam pulando pelo ar líquido em direção ao pátio com o relógio de sol, como dois atletas tentando correr no fundo de uma piscina. Rhonda estava com uma marca vermelha inflamada sobre a bochecha, onde Alex tinha batido nela. Combinava com a raiva nos olhos dela.

— Eu não sou espanhol. Ele me chamou de espanhol — Alex disse.

— Você falou que seu nome era El Terremoto — Rhonda respondeu. — Era para eles pensarem o quê? E você praticamente bagunçou a história inteira do mundo moderno. Podemos nem sequer existir quando voltarmos para casa. Você matou o primeiro-ministro francês logo no comecinho da Primeira Guerra Mundial. A guerra inteira começou por causa de um assassinato e você acabou de cometer um maior. E eu tenho quase certeza de que a Espanha era neutra. Aposto um milhão de dólares que eles não vão ser neutros agora. Se é que os dólares ainda vão existir.

Um peso doentio tomou a barriga de Alex.

— Eu não matei ninguém — ele falou.

— Tá — Rhonda disse. — Você só apareceu lá que nem um raio e ele morreu por coincidência.

— Foi a bala que ele atirou em mim; eu só a joguei para o lado. Eu não tava tentando machucar ninguém.

Rhonda hesitou.

— Bom, você ainda me deu um tapa na cara feito um imbecil. Foi um acidente também?

— Eu só mexi a mão — Alex rosnou. — Eu nem tava olhando.

— Você sente muito?

— Você quer que eu te solte e te deixe aqui? — Alex perguntou. Puxando Rhonda em direção às portas envidraçadas do pátio, ele deu um chute e as mandou flutuando em pedaços, e então puxou a garota pelo pátio, até o relógio de sol no meio, com o relógio de ouro flutuando na corrente.

— Você tá sendo um completo babaca — Rhonda disse. Ela tentou se soltar da mão de Alex, mas ele segurou com força.

— Se você soltar, você volta para a velocidade deles. Eles vão te pegar em segundos.

Ele deu a volta no pedestal de granito. Estava coroado com um relógio de sol de ouro e uma rosa dos ventos, com uma base circular com menos de sessenta centímetros de diâmetro. As pontas da rosa dos ventos saíam pelas laterais enquanto a haste vertical tinha o formato da barbatana de um tubarão, perfurada pela corrente que prendia o relógio flutuante.

Quando Alex chegou perto do pedestal, o relógio que ele havia escolhido para seguir na escuridão flutuou para baixo, na direção do relógio de sol, e se acomodou virado para baixo e perfeitamente encaixado num espacinho na seta norte da rosa dos ventos.

Com um ruído pesado, como uma montanha raspando os dentes, o relógio de sol dourado se elevou lentamente do granito, apoiado por uma haste fina. Quase parecia um volante achatado.

Vidro estilhaçou ao lado das portas quebradas do pátio. Nuvens de cacos brilhantes flutuaram pelo ar atrás de balas recém-disparadas.

— Nós deveríamos ir embora — Rhonda falou. — Antes que você mate mais gente.

Ignorando Rhonda e as balas, Alex se inclinou em direção ao relógio de sol e segurou a haste com formato de barbatana de tubarão com a mão, girando-a no sentido anti-horário. Com um tique-taque quase imperceptível, ele girou meras frações de um centímetro.

O tempo girou de volta junto com ele.

A luz do sol escureceu no céu acima do pátio. Balas recuaram pelo vidro e os cacos formaram as vidraças de novo. Até mesmo as portas que Alex tinha chutado ficaram inteiras.

— Uau — Alex disse. E riu. Puxando Rhonda para perto dele, colocou a mão dela no relógio de sol, entre as suas mãos. — Empurra com força. Por favor.

Juntos, eles empurraram.

Conforme o relógio girava, o pátio deles parecia se separar do mundo externo. No céu acima, os dias passavam mais rapidamente do que Alex conseguia contar, antes de simplesmente se misturarem num azul-escuro, listrado e riscado com os trajetos das estrelas. Através do longo cômodo retangular, passando pela janela do outro lado, a torre Eiffel se desmontou e sumiu.

Alex parou de empurrar. Mudando de direção, ele começou a puxar, girando o relógio no sentido horário. O tempo fora do pequeno pátio se moveu para a frente.

— Aonde a gente tá indo? — Rhonda perguntou.

— Vamos descobrir — Alex respondeu.

A torre Eiffel se remontou.

— Talvez você devesse voltar para 1914. Você poderia salvar aquele homem — Rhonda disse.

— Ele não é problema meu. Se abaixa.

O relógio de sol passou do ponto de início e Alex continuou empurrando, sentindo os milhões de tiques rápidos em seus dedos e coração. O relógio de sol girou um centímetro inteiro. E então dois. Por fora das portas de vidro do jardim, o mundo mudou rapidamente. Mas, dentro dele, apesar da sensação no peito de Alex, a realidade parecia estável. O jardim do tempo e o relógio de sol eram estáveis. Âncoras, como a Sra. Devil tinha dito. Alex soltou a barbatana do relógio de sol e deu um passo para trás, ainda acorrentado ao relógio encaixado sobre a rosa dos ventos.

Luz solar começou a piscar de novo e, conforme o relógio de sol parava de girar, a vegetação explodia do lado externo das janelas do jardim. Ar quente circundou Alex enquanto vinhas penetravam pelas paredes e serpenteavam, atravessando e quebrando as vidraças.

Alex puxou o relógio escondido, juntou os outros e os colocou abaixo da camisa, sobre a pele.

O céu acima do pátio estava rosado. O longo cômodo retangular perto do jardim estava escuro e escondido nas sombras, mas a torre Eiffel ainda era visível pela janela do outro lado. A maior parte dela. Exceto a ponta.

Rhonda foi em direção às portas de vidro desencaixadas das dobradiças, passando sobre as vinhas invasoras.

— Então… — Ela olhou ao redor, abrindo o zíper do casaco. — Esse lugar tá detonado. E quente.

Pulando sobre as vinhas, Alex a seguiu em direção ao cômodo escuro. Onde antes havia estantes de livros, agora havia paredes de concreto, marcadas com buracos de bala e manchadas com pixações em francês. O chão estava chamuscado em alguns pontos, quebrado com buracos em outros, coberto de cocô de pombo, lixo e… ossos. Alguns vitrais de ferro retorcidos e quebrados eram tudo que restava da parede de janelas na ponta do cômodo, e uma brisa quente e úmida revirava o pó e o lixo no chão.

Somente o grande relógio estava reconhecível, rachado, chamuscado e preso à parede de concreto com tiras de ferro.

E entreaberto. A Sra. Devil estava em pé na abertura, ainda usando o longo vestido preto.

— Olá, crianças — ela falou, olhando para o lugar destruído.

Rhonda gritou e quase pulou num buraco rodeado com vergalhões protuberantes nas bordas.

Alex se virou para a velha.

— Quando é aqui?

— Bem… — a mulher disse, entrando no quarto e levantando a saia com cuidado, pouco acima dos tornozelos grossos. — Você mudou tanta coisa, que seria difícil dizer, se seus relógios não tivessem me dito exatamente onde e quando vocês estavam.

— Então, você consegue me rastrear? — Alex perguntou.

— Em qualquer lugar e qualquer tempo — a Sra. Devil respondeu. — Você jamais vai estar verdadeiramente sem mim e, a menos que essas correntes sejam arrancadas do seu coração e você morra, eu jamais vou te perder. Neste caso, eu te segui até Paris, no fim de 1967. Muito bem. A sua destruição foi minuciosa.

Alex olhou pelas janelas abertas. A cidade não estava apenas arruinada; ela estava praticamente vazia. Ele viu fumaça erguendo-se em alguns pontos distantes, mas não enxergou tráfego nenhum e não ouviu nada.

— Eu não fiz isso — ele rebateu.

— Ora, Alex. — A Sra. Devil riu, escolhendo onde pisar enquanto ia em direção a ele ao lado da janela. — Nunca subestime o impacto que um deus corajoso pode ter quando ele altera o equilíbrio com sangue no momento exato. O que você fez neste exato cômodo meio século atrás?

— Aqueles homens… no começo da Primeira Guerra Mundial — Rhonda falou.

— Espera — Alex disse, olhando para a cidade de escombros. — Aquela bala que eu joguei foi um acidente. Não sabia que ela ia machucar alguém. Eu não quis fazer nada além de sobreviver.

— E, ainda assim, tudo isso é devido a você, Terremoto — a Sra. Devil falou. — Meio século atrás, você matou o primeiro-ministro francês no início da maior guerra que o mundo já tinha visto. Os franceses culparam os espanhóis e a Espanha, neutra na história anterior, foi arrastada para a guerra. Os keiser alemães foram capazes de apagar o governo francês e abafar múltiplas rebeliões. Embora nunca tenha sido completamente conquistada, a Rússia ficou definhando por décadas. Os Estados Unidos nunca entraram na guerra, e o que você aprendeu na escola a chamar de Segunda Guerra Mundial mudou completamente, já que as batalhas da primeira nunca pararam. Não teve nada de segundo para começar. Esta cidade viu combate em suas ruas por cinquenta anos, e ela pode nunca se erguer de novo. Mas pense em todas as vidas americanas que você salvou! Você criou uma nação completamente diferente e, enquanto a Espanha e a Inglaterra estavam ocupadas com esta carnificina, os seus Estados Unidos anexaram o Canadá e o México. — Suspirando, ela deu um tapinha no ombro de Alex. Ele se afastou. — Impressionante. Você apagou completamente a Espanha moderna! E foi só o seu primeiro dia! Já vai tarde, a propósito. A Espanha e eu nunca nos demos muito bem.

— Como você sabe de tudo isso? — Alex perguntou. — Parece uma pegadinha.

— E é. Uma pegadinha no mundo — a Sra. Devil respondeu. — El Abutre mesmo planejou isso. Nós até testamos umas variações. Desta vez, o jardim foi cuidadosamente preparado neste local e o momento, como você se lembra, estava pronto para a sua chegada. Se não tivesse sido por aquele navajo terrivelmente alto que curou seu improvável pai, William Soares teria construído o hemisfério ocidental inteiro como o império unido e invencível dele. Mas a derrota dele é a sua oportunidade.

— Sem Segunda Guerra Mundial? Sério? — Rhonda perguntou.

— Sério. Mas Alex pode articular uma, se ele quiser — Devil respondeu.

— Então, nada de bombas nucleares. Nada de Holocausto — Rhonda falou. — Isso foi melhor, pelo menos. Mesmo que isto aqui seja terrível.

A Sra. Devil sorriu.

— Temo que algumas coisas sejam inescapáveis. Estamos esperando que dúzias de bombas nucleares sejam usadas na Rússia e na Europa. Meu próprio William teria entregado os projetos das bombas, se fosse necessário. E, neste momento no tempo, limpezas étnicas e genocídios clínicos estão acontecendo em níveis industriais somente possíveis num lugar como a América. Todas as peças estavam no lugar.

O mundo começou a girar ao redor de Alex. Ácido começou a subir pela sua garganta.

— Milhões de pessoas! — Rhonda gritou. — Milhões! Sem motivo algum!

— Oh, querida — Devil falou. — Bilhões! Mas vai ter mais gente. Sempre tem.

— Você é doente! — Rhonda avançou na direção da Sra. Devil, porém a mulher puxou uma longa e fina lâmina da saia. Rhonda congelou e se afastou.

— Me diga, Alex — Devil falou. — Todas essas pessoas não teriam morrido, de qualquer forma? Elas não eram mortais? Nós aumentamos a mortalidade humana uma ínfima fração sequer? Claro que não. Nós simplesmente impusemos nossos propósitos na morte já universal.

Alex se curvou para a frente, fechou os olhos e colocou as mãos sobre os joelhos. Tontura o tomou, revirando-lhe o estômago e aquecendo-lhe os olhos. Seus braços estavam fracos e tremendo. Parte dele estava preocupada que ele poderia tombar janela afora. Sua outra parte não se importava.

— Eu não fiz isso — ele grunhiu. — Não é real.

— Fez sim. E é real — Devil retorquiu.

— Então eu vou consertar. Vou girar aquele treco para trás e falar para eu não vir aqui. Não sou Sauron. Não quero ser Sauron.

— Não sei quem é esse. Mas, se você se encontrar consigo mesmo, você vai morrer. Sua alma não pode existir em dois corpos no mesmo momento. O corpo mais forte vai absorver a alma do outro corpo. E, quanto a restaurar as coisas ao caos global prévio, acho que deixar o gato sair da caixa é muito mais fácil do que colocá-lo de volta.

Alex vomitou para fora da janela.

— Você não tinha o direito de fazer isso com ele. Com ninguém — Rhonda falou atrás dele.

— Direito? O vento tem direito de derrubar uma árvore? Um rio tem direito de engolir uma margem? Uma estrela tem direito de consumir um planeta, ou um vulcão tem direito de encobrir uma cidade? Garota tola. O que o direito tem a ver com isso?

Alex cuspiu bile, secou a boca com o braço e se virou. Fúria e vergonha tiniam em seus ouvidos. O calor da raiva tomando conta dele era insuportável, embaçava sua visão e latejava sob suas unhas como golpes de martelo.

Ele olhou para a mulher gorda com a longa saia e o broche de urubu na garganta macia, e ele só tinha um desejo. Não tinha a intenção de matar aquele velho com a barba pontuda. Mas essa mulher… ele ia destruir essa mulher.

Os olhos da Sra. Devil se abriram mais.

— Oh, aí está — ela falou e riu. — Aí está o garoto adequado para conquistar o mundo.

Os relógios saíram do suéter de Alex e se ergueram ao redor dele, levantando a roupa. Alex arrancou o suéter e a camiseta de Star Wars.

— Você é uma bruxa e vai morrer — ele rosnou.

As correntes estavam enraizadas num ferimento aberto, mas sem sangue, em formato de estrela, no peito dele. Segurando-as com a mão direita, ele puxou lentamente.

— E se eu arrancá-las? — ele perguntou.

— Não vai. Você não está pronto para morrer — Devil respondeu. — Quando você tiver terminado seu chilique, vamos visitar o próximo jardim do tempo.

Alex pulou para cima da mulher. Asas-relógio se abriram acima dele, desacelerando o tempo conforme suas mãos iam em direção à garganta dela. Rhonda e o cômodo ficaram parados, mas a Sra. Devil só acelerou. Com a mão esquerda sobre o broche de urubu, ela golpeou os braços de Alex com a parte achatada da longa lâmina. Ela o espancou sobre as costelas, os ombros, o pescoço, a cabeça. Ela o espancou até os relógios caírem e Alex estar encolhido no chão, inconsciente e coberto com listras inchadas. Então, ela soltou o broche e voltou à velocidade normal, respirando pesadamente.

— Não se preocupe. Muito em breve, eu vou temer você. Quando você tiver crescido um pouco. Mas não ainda.

Rhonda estava chorando e Devil apontou a lâmina para ela.

— Se você se comportar mal, vai sentir o fio, em vez do dorso.

Os dois homens com os olhos líquidos entraram no cômodo, vindo por detrás do relógio. Um largo e careca, o outro alto e jovem, mas com o topete de cabelo branco.

— Peguem-no e carreguem-no — Devil ordenou. — Os pais horrendos dele virão procurá-lo em breve e ele está longe de estar pronto para tal encontro.

7

Jovens e velhos

1970. IDAHO. Músicas natalinas misturadas com risadas ecoavam pelas escadas, vindas da festa de família no andar de baixo. Balançando na cadeira que havia sido feita para momentos exatamente como este, Glória estava desfrutando de um dos raros momentos relaxantes da maternidade. Ela jogou o rabo de cavalo sobre o ombro e esfregou as costas do pequeno Alex, cantarolando com a música do andar abaixo. Ela estava sempre cantarolando ou cantando nesses dias, e estava sempre assim desde que havia se tornado uma mãe. Havia enfrentado demônios nos cantos mais obscuros da realidade. Havia se tornado praticamente um anjo da morte, uma extraordinária andarilha do tempo, esposa de uma lenda tão assustadora aos vilões quanto ela própria. Contudo, por mais que ela fosse durona, nada a tinha preparado para como ela ficaria derretida de amor enquanto mãe. Ela poderia passar horas só cheirando a cabecinha cabeluda de Alex. As dobrinhas nos dedinhos dele a faziam derreter.

Alex grunhiu, mexeu as perninhas no macacãozinho e enterrou o rosto no pescoço dela, como sempre fazia quando caía no sono nos braços da mãe. Até mesmo quando Alex era recém-nascido, ela sempre acabava com a cabeça dele encaixada abaixo do queixo dela. Ele já não lhe parecia mais minúsculo. Ele falava. Caminhava, tombando alegremente sobre paredes, portas e móveis. Ele sabia o que cachorros, gatos, vacas e patos falavam. Mas o idioma das corujas falava profundamente com ele. Com olhos atentos, bochechas coradas e uma boquinha perfeitamente redonda, Alex vinha fazendo o som da coruja como um profissional havia meses. O "hu" era seu maior elogio e o sinal mais certeiro de sua afeição.

A grande casa raramente ficava quente e sempre ficava barulhenta, mas Glória a amava, até porque havia espaço para Judá, Mila e as filhas deles ficarem quando quisessem. Judá estava contando histórias na sala de estar lá embaixo, certamente com a ajuda de Samuca, e as duas primas de Alex estavam preenchendo o ar com gritos. Elas ainda achavam Pinta e Pati hilárias.

— Descer? — Alex balbuciou no pescoço de Glória.

— Não, amor — Glória respondeu, balançou-se um pouco mais forte e cantarolou um pouco mais alto. Era difícil ter só um aninho e ir dormir quando as primas ainda estavam acordadas lá embaixo.

— Descer? — Alex pediu de novo. Ele colocou a cabeça mais para cima no pescoço de Glória. Ela o puxou mais para baixo.

— Não, meu bem. Tá na hora de dormir. Hora de sonhar.
— Ela se balançou e o acariciou enquanto cantava, esperando sentir o corpo dele relaxar e a determinação diminuir.

Subitamente, ele fez uma flexão sobre os ombros dela, afastando-se para fitá-la nos olhos. As bochechas dele estavam vermelhas e suadas, e seu cabelo já passava da hora de cortar.

— Descer — ele informou.

Ela balançou a cabeça.

— O que a coruja fala?

— Hu — ele respondeu inexpressivo. E então: — Descer? — Seus olhos se afastaram dos dela e vasculharam o quarto. Remexendo-se, grunhindo, preparando-se para brincar, ele tentou escapar.

E então Glória viu a areia escorrendo sobre o chão no canto do quarto. Como um raio, ela se levantou, segurando Alex com força. Uma lâmina curvada de vidro preto apareceu na mão livre dela. Pedro Aguiar surgiu no quarto, ainda com areia escorrendo das mangas pretas. Ele não estava vestido como um padre. Ele ainda era jovem, o Pedro do rancho para adolescentes no Arizona e da ilha perto de Seattle. Seu cabelo preto estava amarrado para trás com uma bandana vermelha, ele estava com um casaco de lona fechado até o pescoço e usava botas e calças desgastadas de caubói. Jovem o bastante para a viagem provavelmente ter sido difícil para ele. Ainda não era o Padre Tiempo. Provavelmente não tinha nem dezoito anos.

— Pedro! — Glória reposicionou Alex sobre o quadril dela e transformou a lâmina em outra pilha de areia. — O que você tá fazendo por aqui?

— Hu! Hu! Hu! — Alex respondeu.

Glória virou o filho para o velho amigo.

— Conheça meu pequeno Alex.

— Bom menino. Sempre confie nas corujas. — Pedro sorriu, mas seus olhos não. — Você o batizou com o nome do seu irmão.

Glória assentiu.

— Sim. O nome do irmão que eu amava. Antes de ele se tornar escravo daquela Devil. Como você nos encontrou? Não que eu tenha achado ruim…

— Meu irmão Manuelito ajudou. Ele tem caminhado nos sonhos para vigiar seu filho.

— Sério? Por quê? O que tá acontecendo? E por que você veio tão jovem?

— Não tem muito de mim disponível, então o eu jovem foi o que restou. E estou morrendo de medo de estragar isso mais do que já será, mas acho que você precisa saber. Já deu uma olhada no Alex do futuro?

Glória alisou o cabelo para trás e se virou, concentrando-se no filho. Claro que tinha. Qualquer mãe faria isso, não? Pelo menos as que podiam caminhar pelo tempo?

— Você sabe como funciona — Glória falou baixinho. — Claro que tudo pode mudar. E todos enfrentam dificuldades, mas Alex está bem. Muito bem, mesmo que esteja um pouco lento no início. — Ela voltou a encarar os olhos escuros de Pedro. — Não conta para o Samuca, tá? Mais do que qualquer um, ele quer que Alex viva no presente.

— O que quer que você tenha visto já mudou — Pedro disse com a voz sombria. — E ainda está mudando. Você achou que a Devil não te encontraria. Você achou que ela não se importaria com isso. Mas ela se importa. No novo futuro, seu filho adolescente será levado pela Devil. Ele já está se movendo entre os tempos como o herdeiro de Abutre. Ele deve ser caçado imediatamente.

— Caçado? — Instintivamente, ela segurou o filho com firmeza. — Por que caçado?

— Salvo, se possível. Mas, se não for possível ser salvo, ele ainda precisa ser parado. A qualquer custo.

— Eu não acredito nisso. Como pudemos deixar isso acontecer? Onde estamos?

— Foram para algum lugar. Eu não procurei vocês.

Pedro entregou a ela um cartão com as bordas irregulares. Estava em branco.

— Mantenha isso com você e confira com frequência. Se eu descobrir mais alguma coisa, você vai encontrar escrito nesse papel. Devil parece estar usando Alex puramente como uma interferência, um cataclismo para estourar vários diques históricos à escolha dela. Quando esse papel estiver cumprido, imagino que ela não deixará Alex vivo.

— Samuca! — Glória gritou à porta. — Sobe rápido, por favor!

A resposta de Samuca subiu pelas escadas:

— Tô indo!

Um momento depois, ela ouviu os passos de Samuca nas escadas e tirou seus olhos de Pedro, segurando o filho firmemente, com o nariz sobre o pescoço dele, inalando tudo sobre essa realidade. Acima do roupeiro de Alex, havia um espelho, e Glória viu o próprio reflexo. O cabelo dela tinha uma mancha branca havia anos, mas sua pele não era mais tão macia. Ela tinha rugas ao redor dos olhos e linhas de sorriso nas bochechas. Suas sardas tinham escurecido. Mas ela ainda se sentia como a mesma fugitiva que fora parar no rancho para adolescentes dos Sampaio. Para ela, isso havia sido uma vida atrás, mas para Pedro... ela olhou de volta para ele... ele provavelmente tinha vindo encontrá-los diretamente da ilha no estuário de Puget. Da Terra do Nunca. Ela ainda estava lá agora? Pedro voltaria direto para lá, a fim de encontrá-la na ilha, jovem e feliz, mas assombrada pela vitória sobre as Tzitzimime? Esses pesadelos ainda a alcançavam, mesmo depois de décadas.

— Você veio da Terra do Nunca? — Glória perguntou. Pedro balançou a cabeça, dizendo:

— Não diretamente.

— Você vai voltar para a Terra do Nunca?

— Não diretamente. Mas sim. Ainda estamos todos na casa. Os garotos ainda não se espalharam para suas próprias vidas. Você e Samuca ainda não se tornaram mais do que amigos.

— Você vai me contar? Lá atrás? Eu vou saber? — Ela olhou diretamente para ele. Pedro inspirou lentamente. — Eu acho que não, senão eu teria alguma memória fantasma disso, não teria?

— Achei que aqui seria um tempo melhor — Pedro falou. — Se eu te contasse lá atrás, você e Samuca poderiam não ter se casado. Ou nem mesmo tido um filho.

Os passos de Samuca subiram as escadas e ele entrou sorrindo no quarto.

Glória viu Samuca pelos olhos de Pedro. Ele estava quinze centímetros mais alto que Pedro, com largos ombros inclinados. Alguns dias sem se barbear revelavam partes brancas nos cantos do queixo. Seu cabelo opaco ainda era espesso, mas tinha se afastado das têmporas. Uma grande cicatriz marcava sua bochecha direita, criando uma linha de sorriso dupla nesse lado.

Eles haviam passado por quase tudo juntos, Glória pensou. Em cada continente, em cada tempo e em cada tipo de luta. De certa forma, ela o amava desde a primeira vez que o conhecera no livro de Judá; mas, quando ela o vira entregar o corpo em favor de outros repetidas vezes, independentemente de quem eram ou quando viviam, foi aí que o amor por ele passou a defini-la.

Samuca dos Milagres poderia ser lento e esquecido. Isso sempre fora verdade sobre ele, desde o primeiro momento dos dois juntos. Ele poderia perder toda a perspectiva numa luta. O tempo não havia mudado isso. E Glória sabia, pelas décadas de experiência, que não poderia haver uma característica melhor nele. Uma vítima insignificante poderia esperar por algo mais profundamente tolo em um herói do que uma disposição para morrer por alguém que não importa para o mundo? Uma disposição para sofrer e sangrar por qualquer alma, em qualquer tempo, para se jogar em cima de qualquer vilão? Ninguém conhecia os defeitos de Samuca dos Milagres melhor do que a garota chamada Glória Aleluia. Estar com ele era muito parecido com estar sob o sol escaldante e inclemente. Ele era feito para o conflito, afinal. Um feroz pesadelo para os pesadelos e com as cicatrizes para provar. Ela odiava até a ideia de viver sem essa luz. E ele não tinha esse efeito só nela. Ela via isso no rosto de cada pessoa que já tinha sido salva pelo garoto, depois pelo homem, chamado dos Milagres. E ela sabia o quanto isso o deixava constrangido.

Glória sabia onde Samuca e suas heroicas mãos escamosas apareciam em hieróglifos antigos. Em manuscritos com iluminuras. Ela sabia onde encontrar a forma mítica dele em vitrais medievais, pintada em paredes de cavernas em Utah e na Eslovênia. Ela sabia onde a forma mítica de Samuca estava agachada como uma gárgula protetora em três catedrais diferentes. Mais estranho ainda, ela sabia onde encontrar o enorme ídolo inca do garoto-deus com braços de serpente que tinha salvado milhares da aniquilação, já que esse ídolo estava no fundo de um lago bem onde Samuca o tinha jogado, amarrado aos sacerdotes que tinham tentado sacrificar 144 crianças a ele por gratidão.

— Pedro! Uau! — Samuca falou e seu rosto com a cicatriz se iluminou.

Glória mordeu o lábio e caminhou em direção ao marido, os olhos instantaneamente quentes com um novo medo.

A expressão de Samuca murchou imediatamente.

Glória se apoiou em Samuca com Alex entre eles e a testa dela sobre o ombro dele.

— O que foi? — Os braços escamosos dele abraçaram a esposa e o filho, e os longos chocalhos nos ombros tremeram levemente.

Nós já passamos por tudo, Glória pensou. Mas nunca isso.

— Conta para ele, Pedro — Glória pediu. — Eu não consigo.

No andar de baixo, Glória teve dificuldade de soltar o pequeno Alex. Ele estava animado para ser solto, pulando nos braços da tia Mila, apontando e rindo para as garotas no chão. Glória precisava repetidamente de mais um toque, mais um beijo, mais um cheiro longo no pescoço dele.

— Vai ficar tudo bem; ele vai ficar bem — Judá falou.

Samuca assentiu. Glória fungou. Ela esperava que sim. Judá e Mila não faziam ideia de que Pedro sequer estivera na casa.

— Levem o tempo que precisarem — Mila falou. — Nós amamos nosso Alex, não é, meninas? — As meninas pularam e gritaram. — Vocês precisam de comida para a viagem? Posso embalar um pouco de torta.

Finalmente, quando a porta da frente se fechou atrás deles e Samuca e Glória estavam diante da casa alta coberta de gordas luzes de Natal, Glória pegou a mão do marido, palma com palma, as pontas dos dedos dela mal alcançando as escamas dele.

As nuvens da respiração dos dois estavam iluminadas de laranja, vermelho e verde pelas luzes que piscavam atrás.

— Acho que não vou conseguir lutar contra nosso filho — Glória falou e se apoiou sobre o braço de Samuca. — Eu tô enjoada.

Samuca assentiu, conferindo o relógio de ouro com a corrente quebrada que ele tinha prendido ao cinto.

— E eu tô velho. Agora, vamos salvar Alex e acabar com aquela mulher. Pra onde estamos indo?

— França. 1914.

— Minha nossa.

— É. — Ela pegou o pequeno cartão de bordas irregulares da jaqueta e o virou nos dedos. Ainda estava completamente em branco. Ela suspirou.

Lá dentro, Alex estava segurando o rosto da tia com duas mãos gordinhas. Mila sorriu para ele com grandes olhos alegres.

— Hu — ele falou. — Descer?

— Claro — ela respondeu. — O que meu amiguinho quiser.

Alex estava deitado sobre uma mesa de pedra. Ele estava sem camisa e descalço, e os braços estavam imóveis ao seu lado. Sete correntes, seis com relógios, giravam formando uma coluna acima dele, rodando no peito.

Ele não se lembrava de ter aberto os olhos. Não se lembrava nem de ter tido os olhos fechados.

Mas ele se lembrava das corujas. Especialmente a grandona com as penas vermelhas nas asas. Ela o esteve procurando nos sonhos dele. Olhando diretamente para ele, mas, de alguma forma, incapaz de vê-lo.

— Hu — ele falou. — Mas corujas não têm penas vermelhas. — A voz de Alex era um coaxo. Sua garganta parecia uma lixa velha.

Rhonda ficou visível à direita dele. O gorro e o casaco fofinho dela tinham sumido, e seu cabelo estava mais longo. Ela parecia muito… diferente. Mais alta. Maior. Mais bonita.

— Você acordou — ela disse. — Como está se sentindo? Você tá bem?

Alex tentou levantar a cabeça. E falhou.

— O que tá acontecendo? Onde a gente tá? — ele perguntou.

Rhonda se inclinou para perto dele, perto o bastante para o cabelo dela cair sobre o ombro desnudo dele. Perto o bastante para um sussurro.

— Outro jardim do tempo — Rhonda sussurrou. — Ela disse que é o mais antigo. O primeiro. Mas eu acho que estamos enterrados embaixo dele. Em uma tumba, pirâmide ou algo assim. Este lugar inteiro é de arenito. Nenhuma janela. Tem corredores para todo lado, mas eu não encontrei nenhuma saída. Quase certeza que estamos debaixo da terra. Você está apagado há dias. Desde quando ela te espancou na França. E ela fez umas coisas bizarras de verdade com você. Ela chamou isso de escultura. Tenta não ficar assustado.

— Água. Por favor.

— Não tenho. E, se tivesse, eu provavelmente beberia tudo. Eu tô com tanta sede assim e sou tão egoísta assim. Você quer que eu chame a bruxa? Ela me deixou um sini-nho para tocar quando você acordasse.

— Ela tem água?

Rhonda assentiu.

— Vou tocar o sininho. Espera aí.

Ele não ouviu o sininho, mas ouviu a voz da Sra. Devil claramente o bastante, passando por seus ossos e os deixando como se fossem líquidos.

Você deveria ter se divertido mais enquanto tinha a chance. Sente-se.

— Não consigo — Alex respondeu em voz alta.

Agora consegue. Sente-se e olhe para o espelho. Me diga o que você vê.

Alex se levantou com os cotovelos sobre a superfície de pedra e olhou ao redor. As paredes baixas eram feitas de enormes rochas encaixadas com argamassa, e toda a superfície estava coberta com entalhes estranhos. Vacas comendo vacas. Lobas amamentando crianças enquanto crocodilos as comiam. Reis sentados em tronos feitos de humanos, em palácios feitos de humanos. Exércitos de monstros: leões com asas e cabeças humanas com barba, touros alados com cabeças humanas, gigantes, gafanhotos, dragões e cabras de três cabeças. Magos lutando com cajados enquanto reis e rainhas assistiam. E, no topo de cada parede, um anel de fogo, rodeado de olhos. Na base de cada parede, uma bacia de latão com um fogo lento e preguiçoso.

Alex se sentou. Rhonda estava ao lado da única saída, um túnel estreito e baixo. Ao lado dela, um espelho estava apoiado contra a parede, manchado pelo tempo.

Alex olhou para o próprio reflexo. Ele tinha uma barba pontuda. E um cabelo preto e cheio que quase tocava nos ombros. Os ombros…

Balançando as pernas pela lateral da pedra, Alex se levantou. Os relógios bateram contra o teto. Ele estava vários centímetros mais alto, mais de trinta. E estava mais largo. Com músculos.

— Ela te envelheceu mais do que a mim — Rhonda falou. — Eu tô com, tipo, dezoito anos. Ela disse que você teria vinte, mas parece mais ter uns trinta. Ou quarenta.

— Eu não quero ter quarenta anos.

— E eu não quero ser trancada numa cripta bizarra por uma bruxa. Mas aqui estamos nós.

Alex se virou.

— Há quanto tempo estamos aqui?

— Honestamente, parece que só alguns dias. Mas eu dormi um bocado.

— Dias? — Alex mexeu na barba. — Como?

— Simples. — A Sra. Devil emergiu do túnel atrás de Rhonda, trazendo um copo de água. Ela o entregou para Alex e então alisou e esticou a saia, cruzando os dedos esnobemente quando terminou. Alex engoliu o fluido oleoso com a garganta seca, uma água nojenta e amarga, mas ele não se importou. Deixando uns dois centímetros de água no fundo, ele entregou o copo para Rhonda e concentrou-se na Sra. Devil. Ela parecia exatamente igual, nem um minuto mais velha, e limpou a garganta e falou como uma professora — Esta é uma tumba do tempo. Uma das primeiras já feitas… por homens buscando a vida eterna, como sempre parecem buscar… e está na maior torre que os mundos já viram. Um obelisco que governou a primeira era no início do homem, mas seus construtores foram derrubados e esquecidos, e a torre foi enterrada num cataclismo. Somente a ponta permaneceu acima do solo, mas só ela já tem dezenas de metros de altura. Sumérios a usaram na segunda era; etíopes longevos, na terceira. Tentaram construir fracas imitações no Egito, aquelas piramidezinhas amontoadas na areia, e na Pérsia, e até na América Central e do Sul, mas nenhuma dessas estruturas jamais se aproximou da glória desta torre. Ela ficou sem uso na quarta era e foi descoberta apenas por meus ancestrais na quinta. Na sexta era, ela reinará novamente. Nestas câmaras, homens e mulheres se abriam para as estrelas. Nestas câmaras, o tempo não governa; ele serve à mestra do jardim. Subindo 4.040 degraus, você encontra o jardim. Eu sou a mestra dele. Deste lugar, eu criei e governei muitos. El Abutre. E agora, El Terremoto. — Ela sorriu para Alex. — Recolher você aos treze anos era a abordagem mais simples. Mas eu não preciso de um general adolescente. Preciso de um homem. Então, selei esta tumba e lhes dei dez anos durante o que, para mim, foi apenas uma noite.

— Certo. Ótimo — Rhonda falou. — Acho que eu só envelheci melhor. Isso esclarece as coisas.

— Mas por que eu? — Alex perguntou. — Eu não sou seu general. Nem vou ser.

Claro que não. A Sra. Devil riu. *Talvez você prefira "peão". Ou "marionete". E acho que é óbvio para você por que Alexandre dos Milagres seria minha escolha primária.*

Alex não falou nada.

Bem, isso está resolvido. Venha para o topo. Está na hora de melhorarmos o humor. Eu nem vou te fazer subir de escada. Mas você pode, se quiser.

Rhonda e Alex olharam um para o outro.

— Você ouviu isso? — Alex perguntou.

— Ouvi o quê? Ei, pelo menos a gente não tá morto — Rhonda disse depois de um momento. — Existem coisas piores do que crescer. E, se conseguirmos nos livrar dela, essa coisa toda vai ser incrível.

Alex mexeu na barba pontuda.

— Parece que eu tô numa fantasia.

— Acho que você está. Mas tá legal. Talvez você goste. E, se não gostar, talvez haja formas de ficar novo de novo. — Olhando para o túnel, ela chegou mais perto de Alex. — Só escuta o que a bruxa disser. Temos que aprender tudo o que pudermos. Tudo. Aí, *puft*, a gente some daqui. Você usa seus relógios para estourar o teto e voar com a gente para casa por aquela escuridão nojenta.

— *Puft?* — Alex perguntou.

Puft? a Sra. Devil perguntou na mente dele.

O plano de Rhonda ia ser mais difícil do que ela pensava. Mas ele não precisava contar para ela que a Sra. Devil estava na cabeça dele. Rhonda pegou a mão dele e o puxou em direção à saída.

— Vem, vamos subir umas escadas. Ela quer você lá em cima.

Alex abaixou a cabeça e seguiu atrás de Rhonda, passando por pelo menos oito túneis diferentes, todos em ângulos retos, alguns largos o bastante para dois, outros estreitos demais para ele ficar de pé. Ocasionais aberturas escuras revelavam câmaras cheias de estátuas, mas a maior parte das câmaras estava selada e marcada com entalhes estranhos. Bacias de bronze com fogo lento estavam espaçadas o bastante para que Alex e Rhonda tivessem que apalpar o caminho por longas extensões de sombras entre pontos de luz. Pó fino subia abaixo dos pés descalços de Alex, ocasionalmente com o *crec* e a pontada fina de ossos de roedores e cascas de insetos.

Finalmente, eles chegaram a uma câmara cúbica com um teto alto de enormes placas de pedra. Duas rainhas esculpidas guardavam uma larga escadaria que subia, enquanto dois reis guardavam uma escadaria que descia para a escuridão completa.

— Por que ela escolheu você? — Rhonda perguntou.

Três motivos. A voz de Devil anunciou na mente dele.

— Três motivos — as palavras saíram da boca de Alex antes que ele pudesse impedi-las. Isso era novo. — Para com isso! — ele rosnou.

Rhonda se afastou dele. A Sra. Devil continuou a falar e a voz de Alex imitou a voz dela como um eco. Mas era um eco que estava um pouco atrasado atrás do original. Depois de um momento, as palavras de Alex vieram praticamente ao mesmo tempo que as palavras da Sra. Devil, porém de maneira anormal e aos solavancos.

— Primeiro, tem a questão da herança. William Soares foi morto por Samuel dos Milagres. Os jardins do tempo e os relógios encantados foram projetados para serem passados mais facilmente a um conquistador quando sangue é derramado e uma vida é tomada. Samuel os recusou. Naturalmente, o filho dele era o próximo na linhagem.

O queixo de Rhonda estava caído. As costas dela estavam contra uma parede de pedras.

— É você falando? — ela sussurrou.

Alex balançou a cabeça e segurou a garganta, mas as palavras continuaram saindo. A voz dele ficou mais fina, imitando a da Sra. Devil.

— Segundo: quando criança, os pais de Alexandre o abandonaram para ser criado pela tia e pelo tio. Eles nunca se importaram em voltar. Isso o deixou vulnerável. Uma aquisição muito simples. Eu poderia ter feito outra criança matá-lo, assim assumindo a herança, mas por que desperdiçar um garoto perfeitamente adequado e completamente indefeso? Achado não é roubado, como dizem as crianças.

Alex se virou, atacando com os braços. Seu corpo tremia de raiva com a invasão, com os músculos vibrando e os ouvidos gritando. Palavras se formaram na garganta e o queixo tentou se mover. Ele mordeu o lábio com força, fazendo sangrar, mas sua boca ainda se abriu.

— Terceiro, e o mais divertido: apesar do abandono, os dos Milagres vão achar desolador terem que caçar e matar o próprio filho. Se eles tiverem sucesso, então…

Alex enfiou a mão na boca e segurou a língua. Ela se retorceu e os pulmões dele exalaram, mas as palavras eram ininteligíveis. E então pararam. Com cuidado, Alex soltou a língua, esperando. Seu sangue ainda estava quente, mas não tão quente quanto as correntes no coração. Ele conseguia sentir veias pulsando na testa. Sentia que conseguiria estilhaçar uma pedra como se fosse vidro. Ele queria sentir a garganta macia da bruxa com as próprias mãos.

— Você tá bem? — Rhonda perguntou. — Isso foi bem sinistro.

Alex juntou os relógios nas correntes e os jogou acima da cabeça. Num instante, eles se espalharam como um tornado, abrindo um buraco de escuridão vazia na pedra acima dele.

Rhonda pulou para cima dele, segurando-se em sua cintura assim que ele pulou no ar, deixando os relógios o puxarem para o tornado de escuridão.

No início, Alex achou que tinha estourado o teto, abrindo uma entrada para a escuridão entre os tempos. Porém, quando os relógios o elevaram para a escuridão, uma câmara de pedra sumiu abaixo dele conforme ele entrava em outra, acima. Ele não tinha escapado; a passagem pelo espaço--tempo estava servindo apenas como um elevador. Outra câmara apareceu acima. E outra. E outra. E ele e Rhonda ainda estavam cercados por pedra, enquanto aceleravam para cima. Eles não estavam escapando, afinal. Corredores à luz de tochas, repletos de estátuas e sarcófagos, passaram por eles. Largas escadarias se dividiam e se reconectavam mais acima. Câmara após câmara, corredor após corredor, túneis, salões de trono, quartos e bibliotecas.

Em casa, Alex havia sido capaz de sair do próprio plano de existência, voando através da escuridão acima das casas da vizinhança como se fossem casas de boneca. Agora, ele se sentia preso dentro de um vão que não sairia da torre. Sem dúvida, era por isso que a Sra. Devil não havia ficado preocupada com o plano de fuga *puft*. Mas Alex ainda não tinha parado de tentar. Talvez houvesse uma forma de ele virar a coluna giratória de escuridão para o lado. Se um movimento horizontal o tirasse da torre, seria igualmente bom.

— Se segura — ele ordenou e imediatamente sentiu Rhonda apertando mais. Levantando a mão direita acima da cabeça, ele juntou as correntes dos relógios ao redor do antebraço antes de agarrá-las. Balançando os relógios uma, duas vezes, ele os jogou para o lado direito. O tornado preto acima subitamente dobrou para o lado como um chicote, girando feito um parafuso horizontalmente pelas paredes de pedra. Alex e Rhonda guinaram para o lado, sugados pelo túnel como destroços por um bueiro numa enchente. O tornado preto chicoteador fez Alex pensar em Samuca dos Milagres enfrentando o El Abutre no Arizona, mas Samuca tinha fugido do chicote. Alex o comandava. Mais ou menos.

Alex e Rhonda navegaram através da corrente giratória de vazio pela lateral da torre. Mas não havia céu para ver. Nem ar. Nem nuvens. Eles estavam no subsolo, flutuando através de solo arenoso. O túnel se alargou atrás deles, mostrando para Alex mais e mais da torre enterrada de uma só vez: uma coluna quase interminável de pedra. Exércitos de sarcófagos preenchiam piso após piso, juntamente com centenas de mortos-vivos e seres parcialmente putrefatos, dormindo e segurando cetros e espadas de bronze.

Fora da torre, a escuridão entre os tempos estava cercada de arenito. Dentro dela, milhares de bacias com chamas queimando lentamente iluminavam centenas de portas visíveis.

— Ela não tava mentindo — Rhonda falou. — É enorme. E muito subterrânea. Se esse túnel de tornado se desfizer, a gente tá morto e enterrado, de uma vez. Barato e eficiente.

Alex não respondeu. Ele não se importava. Tudo que ele queria era dar o fora. Pegou um pequeno relógio do amontoado e o empurrou acima da cabeça. Tudo o que sabia era que ele não ia levá-lo para Paris. Mas qualquer outro lugar serviria.

Instantaneamente, sentiu a mudança de direção quando ele e Rhonda viraram para uma escuridão mais profunda. Ele tinha conseguido? Eles estavam escapando?

— Pra onde estamos indo? — Rhonda perguntou.

O relógio que Alex escolheu flutuou para o outro lado e foi substituído por outro, imediatamente jogando-os de volta por onde vieram, em direção à torre enterrada.

Eu tenho seu sangue. Acorrentei seu coração. Você não pode me deixar, a menos que eu queira. E eu não quero. Ainda.

— Não — Alex grunhiu, e o relógio girou fora de controle, girando o garoto cada vez mais rápido, até ele só conseguir fechar os olhos e segurar Rhonda quando ela começou a escorregar.

— Levantem-no — a Sra. Devil falou. E então: — Bem-vindo ao olho ancestral, Alexandre dos Milagres, o primeiro e mais poderoso de todos os jardins do tempo. Coroa da torre de onde você tão rudemente tentou escapar. Nas notas de dólar americano, este olho está empoleirado no topo de uma pirâmide. Mas a realidade é mais impressionante.

Alex sentiu mãos frias passando sob seus braços, e ele foi colocado de pé. Estava dentro de uma grande pirâmide. O chão era de grama verde e espessa. As quatro paredes triangulares que se apoiavam umas nas outras acima deles… não estavam lá de verdade. Elas eram aberturas. Vazios. Janelas sem vidro. Dois lados triangulares opostos um ao outro se abriam para diferentes céus noturnos: a lua estava visível em ambos, mas em fases e alturas diferentes. O sol estava visível nos outros dois lados, pondo-se em um e nascendo no outro.

Mas a luz estava de alguma forma enfraquecida, deixando o escaldante sol tão claro quanto a lua. O ar estava fresco sobre a pele de Alex e os dois homens com os olhos líquidos o seguravam dos lados. Com dez anos a mais de idade, ele estava mais alto que os dois agora. Mais alto, porém não mais forte.

O espaço estava repleto de cercas-vivas, árvores frutíferas, estátuas e flores, algumas claras e novas, e outras pendendo com pétalas amarronzadas. No centro, havia um tanque quadrado com água preta e, nos quatro lados, quatro pedestais de pedra sustentando quatro relógios de sol dourados e, de cada um deles, erguia-se uma corrente. As quatro correntes se juntavam acima da água, todas ligadas a uma enorme ampulheta aberta. Enquanto Alex observava, areia subia da ampulheta para o pico da pirâmide. Então ela foi parando, entrou de novo na ampulheta e caiu por dentro dela, salpicando a água preta.

Alex não viu a Sra. Devil em lugar algum, mas os homens estavam carregando-o em direção a quatro limoeiros ao lado do tanque. As árvores cingiam um pequeno cercado de pedra. Quando se aproximaram, os homens deram-lhe um empurrão e ele cambaleou para a frente.

— Por obséquio, vá aonde quiser e faça o que quiser. Eu vou convocar você quando for necessário. — A Sra. Devil falou atrás dele. — Mas insisto que você se vista antes.

A mulher gorda apareceu de detrás dele, pegou-o pelo braço e o levou à pequena estrutura. O lugar tinha uma pequena cama, uma lareira e paredes cobertas com armas e roupas.

—Aqui foi onde El Abutre se recuperou depois de ter recebido os relógios. Antes de nós montarmos o ninho dele em São Francisco.

Alex viu coldres do Velho Oeste com pistolas, facas, espadas, ganchos, serras, chicotes e até uma maça. Ao lado da cama, havia um par de botas pretas altas recém-limpas e, sobre a cama, uma camisa branca, calças, um colete brilhante cor de vinho com sete bolsos para os relógios, e um enorme casaco de búfalo.

— Em público, você me representa agora. Roube bancos, seja capitão de um barco pirata ou funde hospitais e alimente os pobres. Mas você deve ter boa aparência. — A Sra. Devil deu um tapinha no braço de Alex. — Vista-se. Depois vá aonde quiser. Seja o que você quiser.

— Eu posso sair? Você não tá brincando?

— Estique suas asas. Desfrute da sua liberdade. Seja um deus entre os homens. Tome o que você quiser quando quiser. Nenhuma lei humana pode prender você.

— E você vai ficar fora da minha cabeça? Você não vai me arrastar para cá de novo?

— Eu vou te arrastar para onde eu quiser. Quando eu quiser. — A Sra. Devil caminhou até a cama, pegou uma camisa e a examinou de perto. — Eu também não estou presa às leis humanas.

— E a garota?

—*A garota* tá atrás de você — Rhonda falou. — Eu vomitei em uns arbustos.

— Não me importa o que você faz com ela — a Sra. Devil disse. — Leve-a, deixe-a, afogue-a no tanque. Não faz diferença para mim. — Ela jogou a camisa para Alex e então o segurou nos dois braços, olhando para ele de cima a baixo com um sorriso contido. Ele era muito mais alto do que ela. — Ah, sim. Agora sua aparência está adequada. O malandro heroico. Espero que você faça jus. Saqueie cidades, afunde navios, sequestre uma rainha, pilhe. Roube a espada do Rei Arthur e use-a como palito de dente. Pela primeira vez na sua vida entediante… *seja… interessante*.

Puxando-o em direção a ela, ela ficou nas pontas dos pés e deu um beijo rápido na bochecha barbada dele. Então, afastou-se rapidamente, virou e sumiu.

— Eu vou afogar *você* naquele tanque — Rhonda falou.

8

A família sai de casa

ALEXANDRE DOS MILAGRES NÃO CONSEGUIA PARAR de esfregar as mãos nos cabos polidos dos dois revólveres no pesado coldre duplo que ele tinha prendido sobre as novas calças. O couro preto do coldre combinava com as botas altas e tudo havia sido polido até ter grande brilho. O colete cor de vinho brilhava quase o mesmo tanto, e era estranho como ele estava aliviado por ter bolsos para todos os relógios. Seis correntes de ouro e pérolas cruzavam seu peito como luzes em uma árvore de Natal. Alex deixou a corrente quebrada balançando por dentro da camisa, fazendo cócegas nas costelas. A parte mais legal era o casaco de búfalo. O peso, o calor, o cheiro… parecia que Alex estava vestindo séculos. O casaco o fazia sentir-se perigoso também, um verdadeiro foragido. Aberto, deixando o colete e as armas à vista e disponíveis, o casaco era mais como uma capa de búfalo com mangas.

— Você precisa de um chapéu e um cavalo — Rhonda falou. Ela havia vasculhado o quartinho atrás de algo para si, mas tudo havia sido feito pensando em alguém de tamanho, idade e gênero diferentes. Ainda assim, sua jaqueta fofa havia sumido e agora ela estava usando um casaco de veludo preto bordado com ouro. Ia até os joelhos, mas ela o prendeu com um cinto justo na cintura e dobrou as mangas até os cotovelos.

Rhonda enganchou os polegares no cinto e olhou ao redor.

— Não tô vendo a bruxa em lugar algum. Então, qual é o plano? Piratas? Alexandre, o Grande? O Egito Antigo? Eu adoraria ver a Cidade Proibida na China quando tinha, sabe, imperadores. E era proibida.

Alex não respondeu. Ele segurou as duas pistolas, sacou-as como um pistoleiro e as colocou de volta em seus coldres.

Honestamente, se ele pudesse estar em qualquer lugar do mundo no momento, provavelmente escolheria a própria casa. Sua cama. Quando suas irmãs ainda moravam em casa. Antes de ele ficar tão sozinho. Com certeza antes de ele ter correntes enfiadas no peito e uma década de envelhecimento adicionada à aparência.

Rhonda ficou diante dele, procurando um contato visual que ele não queria.

— Não vai ficar deprimido agora — ela falou. — Você acha que isso é ruim? Claro. Talvez seja. E eu tenho quase certeza de que é real, porque tô morrendo de fome e nunca fiquei com fome num sonho antes. Mas, mesmo que você pudesse, realmente iria querer acordar de volta na nossa ruazinha idiota e voltar para o colégio? Porque eu não iria. Você realmente estava vivendo a vida que queria?

— Eu vou voltar. Porém mais para trás.

— Mais para trás? Porque era melhor ainda quando você tinha dez anos?

— Para encontrar meus pais biológicos. Quero saber por que eles me deixaram. Eles podem estar mortos ou podem ainda estar por aí em algum lugar. Mas eles definitivamente estavam no passado. Eu poderia encontrá-los lá.

— Mas você era um bebê quando eles te deixaram, não era? Você quer aparecer como um viajante do tempo barbado só para dar oi para os seus pais? Nós podemos ir para qualquer lugar… *na… história!* Ou para o futuro. E é isso que você quer fazer?

Alex pensou um pouco. E então assentiu.

— Sim. Mais do que qualquer coisa.

Rhonda levantou a mão como se quisesse bater nele, mas ela só alisou o colete dele e mordeu o lábio.

— Certo, Terremoto, acho que o açúcar no seu sangue deve estar baixo ou algo assim. Não me entenda mal, eu compreendo. Você quer conhecê-los. Você quer saber o que aconteceu. Beleza. Mas você tá com o maior bilhete de loteria da história na mão. Nós poderíamos juntar todo tipo de tesouro e voltar para os anos 1980 como as pessoas mais ricas, mais famosas, mais poderosas do mundo inteiro. Nós poderíamos até pegar umas invenções do futuro e trazer de volta como se fossem nossas. Eu tô falando de fama e dinheiro do nível de estrelas de cinema, ou do Michael Jackson. Vamos fazer isso primeiro e depois você encontra os seus pais. Você pode convidá-los para o seu castelo. Ou seu castelo flutuante. Apresentar os seus tigres brancos de estimação e servir para eles champanhe de dez mil dólares em, sei lá, cálices de chifre de unicórnio, enquanto dinossauros pastam no seu zoológico particular. Você pode ser, literalmente, o primeiro garoto no universo *que poderia ter qualquer coisa...*

Alex olhou para o tanque e a ampulheta suspensa no centro do jardim piramidal. Diretamente atrás do tanque, uma lua crescente estava se pondo no horizonte. À esquerda, o sol se erguia acima de uma floresta. À direita, as últimas brasas de um pôr do sol estavam se apagando enquanto estrelas começavam a aparecer.

— O que você está falando que deveríamos fazer, exatamente? — Alex perguntou.

— Eu tô falando, exatamente, que deveríamos escolher um ano que queremos que seja nossa base. Eu gostava de 1982, mas estou aberta a sugestões. Depois, escolhemos o primeiro tesouro que queremos, o pegamos, aí voltamos com ele para 1982, compramos uma casa ridiculamente incrível e então escolhemos o próximo tesouro. Aí é só repetir, meu amigo. Poderíamos ser os primeiros trilionários.

Alex fungou. Ele tinha certeza de que não seria nem de longe tão fácil quanto ela fazia parecer. Raiva estava começando a gotejar por ele. Esperava sussurros da Sra. Devil, mas nada veio. E o queixo peludo dele estava coçando horrivelmente. Ele segurou a barba e enfiou as unhas para alcançar a pele.

— Bem? Nós vamos nos tornar lendas ou não? — Rhonda perguntou.

— Você vive falando *nós*, mas por que eu deveria te levar? Eu poderia te largar de volta na escola e depois fazer essa coisa do tesouro sozinho.

— Porque sou *eu* que tenho as ideias. Se não fosse por mim, você estaria assistindo ao seu eu bebê por uma janela, chorando pela mamãe. E é culpa sua que me envelheceram dez anos. Nunca iam me deixar voltar para a escola. Minha vida podia não ser muita coisa, mas você a arruinou todinha.

As gotas de raiva que estavam crescendo em Alex explodiram subitamente. Ele se virou para Rhonda, quase inclinado sobre ela, com os punhos fechados.

— Se não fosse por você, eu nunca teria obedecido à mensagem de sangue. Eu não teria essas correntes no meu peito. Eu estaria em casa agora, lendo. Nada disso jamais teria acontecido!

Rhonda deu um passo na direção dele, encarando-o diretamente nos olhos, e falou:

— *De nada*.

Alex murchou.

— Eu odeio citar aquela bruxa — Rhonda continuou —, mas *seja interessante*. — Ela olhou ao redor do quarto vazio. — Nós deveríamos nos apressar, caubói. Sabe-se lá por quanto tempo ela vai nos deixar em paz.

— Tá. — Alex encolheu os ombros recentemente alargados. — Espero que você tenha prestado atenção nas aulas de geografia, porque saber onde estamos no mundo vai ser difícil. E não temos nenhuma forma de saber que ano é este, ou onde estamos agora.

— A gente descobre — Rhonda falou. — São seis jardins espalhados pelo mundo, enraizados no espaço, mas não no tempo. De cada um deles, o tempo lá fora pode ser girado para trás ou para a frente, como fizemos na França. Nós deveríamos começar verificando cada um deles. Podemos usar nossos olhos e nossos cérebros. No pior dos casos, nós encontramos um jardim, damos uma olhada e giramos o relógio de sol até gostarmos do que estiver lá fora.

— Nós, nós, nós — Alex murmurou. — Tem quatro lados nessa pirâmide. Só escolhe um e vamos logo.

— Pôr do sol. Vai ser mais bonito.

Alex caminhou pelo jardim em direção à grande parede triangular que emoldurava um sol moribundo. Enquanto caminhava, ele puxou cada um dos seis relógios, um de cada vez, dando corda neles um de cada vez. Com cada giro, ele sentia menos desejo de ir para casa e mais calor no sangue, mais urgência de voar, de lutar, de... esmagar alguma coisa.

Quando chegaram à parede inclinada, ele deixou os relógios flutuarem acima, movendo-se naquele lento rodopio. Rhonda se apertou do lado direito dele, com um braço atrás das costas dele e uma mão sobre o coldre.

— Vai — ela falou.

Ele rosnou para ela.

— Não me diga o que fazer.

— Cala a boca e vai logo — ela retorquiu e deu um puxão no coldre dele.

Alex foi. Dois passos para a frente, e a cabeça dele tinha passado pela barreira da pirâmide e entrado no ar quente e seco. Um terceiro passo e ele e Rhonda estavam fora da borda do jardim e envoltos pela escuridão.

Quando sumiram, a Sra. Devil subiu para o jardim por uma escadaria no chão. Alexandre e Cipião a seguiram, com seus olhos líquidos girando.

— A isca está de volta no jogo — Cipião falou. — Ele se parece completamente com Abutre, usando o que o foragido usava. — Ele cutucou o mais jovem com o cotovelo. — E não parece nem um pouco com o tio. Estranho a sua irmã batizá-lo com seu nome, depois de tudo que você fez. Estranho que o dos Milagres tenha aceitado.

— Continua falando, velho, se você quiser que eu arranque sua língua — Alexandre disse. Virando-se, ele se concentrou na Sra. Devil. — Isso foi por pouco. Se ele tivesse ido direto para casa...

— Mas não foi, foi?! — a Sra. Devil estourou. Então, suspirou de alívio. — Que a escuridão me ajude, se eu não ficar quase grata por aquela garota tagarela.

Abrindo uma aba na lateral da saia, a Sra. Devil pegou de uma bolsinha um frasco de tinta cheio de sangue vermelho-escuro. Então, tirando uma caneta-tinteiro do meio do cabelo, ela combinou os dois itens.

— Tudo certo, meus caçadores — ela disse. — A armadilha está montada. Chegou a hora de minha vingança recair sobre todos os meus inimigos com um único golpe. Glória Aleluia, Samuca dos Milagres e o Império Espanhol imundo cortados quase pela raiz.

— Como assim os espanhóis? — o careca Cipião perguntou.

— E por quê? — Alexandre completou. — Os dos Milagres eu entendo. Você deve vingar a morte do El Abutre e a vitória deles sobre as Tzitzimime. Mas os espanhóis? O que eles fizeram?

— Tolo — a Sra. Devil respondeu. — Eles destruíram o império de minhas mães com o aço, a pólvora, as doenças pútridas e as mentiras de tiranos em robes pretos, como os daquele Padre Tiempo desprezível. A riqueza deles veio inteiramente da pilhagem do chamado Novo Mundo, meu mundo, um mundo que, na verdade, era mais antigo que o deles. Agora, essa pilhagem será minha. O império deles morrerá ainda na infância e eu governarei um novo Novo Mundo sem eles. Kit está a postos e esperando pela destruição dele. Estou com meu exército pronto e esperando na torre abaixo de nós. Em breve, terei uma nação de novos adoradores. Os dos Milagres não serão capazes de resistir a comparecerem a esse baile. E lá morrerão.

Cipião grunhiu.

— Mas e se seu Terremoto escolher outro jardim?

— Ele escolherá o relógio que eu o fizer escolher. Estou profundamente arraigada na mente dele. Mesmo que, de alguma forma, ele resista à minha influência e escolha seguir outro relógio, ainda temos bastante sangue dele para achá-lo em qualquer lugar. Quando sua escolha for definitiva, vou informar ao escritor a localização deles com uma mensagem de sangue sob a pele dele. Aquele tolo vai informar aos outros tolos, Tiempo ou seu irmão, ou aos dos Milagres diretamente, e eles não vão esperar uma armadilha se a informação vier dele. Os dos Milagres vão vir correndo para salvar seu cordeirinho. E nós os pegaremos. Finalmente.

Terra do Nunca. O sol matutino estava na metade do caminho para o meio-dia. O jovem Samuca dos Milagres estava observando enquanto Glória tirava a capa de plástico da motocicleta. O ar estava esquentando rápido, mas os braços escamosos dele ainda estavam tensos e frios. O vento tinha acelerado e a água ao redor da ilha em formato de lua crescente havia ficado agitada. Até mesmo a pequena enseada estava raivosa e o barco de metal batia contra a doca a cada onda. Ao lado da doca, os garotos tinham vários barracões para armazenar várias máquinas, canoas e projetos que eles haviam acumulado ao longo dos meses. A motocicleta e o carrinho de carona, raramente usados hoje em dia, estavam enterrados atrás de pranchas e remos nos fundos do barracão maior.

— Me escuta, Glória — Samuca falou. — A gente deveria esperar pelo Pedro. Ele pode saber de alguma coisa. Tudo que a gente tem para se apoiar são umas palavras escritas nos porcos.

— Palavras do Judá do futuro — Glória respondeu. — Você não confia no Judá?

Samuca riu.

— Primeiro, pode ser do Judá do passado, pelo que sabemos. Segundo, não. Não confio muito nele. Quantas vezes *A Lenda de Poncho* mudou? Tudo que a gente fez mudou o livro.

— Exatamente, essa é a questão. — Ela destampou o tanque de combustível da moto e olhou lá dentro. — O que a gente *fez* mudou o livro. Ficarmos parados não mudou nada. — Ela virou o rosto e apontou para o galão de plástico vermelho perto dos pés de Samuca. — Me dá a gasolina aí.

— Não. Não vou te dar nada. Vamos esperar pelo Pedro.

Glória cruzou os braços.

— Certo. Você confia no Pedro mais do que em mim? Isso é uma coisa entre os homens?

— Ah, qual é. Pedro pode saber de algo que você não sabe. Ele vai a lugares aonde você não vai. Ele conhece pessoas que você não conhece. A gente sabe da parte das palavras nos porcos, mas talvez ele saiba quem é o herdeiro de Abutre ou de onde ele veio. Até saber a ordem das coisas no tempo ajudaria.

— Ele vai estar em vários pontos no tempo, Samuca. — Ela pulou sobre tralhas no barracão, parando diante dele. — Mas a gente tem o velho relógio de Abutre com a corrente quebrada e, com ele, você sabe que a gente consegue rastreá-lo até na escuridão. Escuta, nós podemos não pegar esse cara de primeira, mas temos que tentar. Seria muito melhor cortarmos isso pela raiz do que ficarmos sentados esperando que ele tente nos matar. Ou pior, esperar que ele nos ignore completamente e fiquemos presos, tentando rastreá-lo através de catástrofes e carnificinas. Agora me dá a gasolina. — O galão estava bem entre eles, mas ela estendeu a mão.

Samuca levantou a sobrancelha. O chocalho de Pati tremeu.

— Sério? — ele perguntou.

— Não chocalhe para mim, Samuel dos Milagres. Nós vamos, quer você goste ou não. Qual é a pior coisa que poderia acontecer?

— Não sei. Tem muitos piores possíveis para pensar. Eu não vou.

— Então você vai me dar o relógio de bolso.

— Não vou, não. — Pati chocalhou de novo e enfiou a mão esquerda dele no bolso. Ainda que ele concordasse com ela, a cobra nem sempre ajudava.

— Então, você vai vir. É a única pista que a gente tem.

— Não é, não! — Samuca rebateu alto. — Passear pelos séculos esperando que um relógio dê um puxãozinho é completamente inútil.

Glória fechou os olhos e inspirou devagar. Quando ela falou, sua voz estava suave, vazia de toda irritação, quase doce. Mas ainda havia faíscas em seus olhos.

— Digamos que você esteja certo, Samuca. Por onde você começaria, então?

Samuca sabia exatamente o que ela estava fazendo. Ao ficar estranhamente calma, estava tentando fazê-lo pensar que ele era o irracional por falar alto. Mas valia a pena falar alto por isso.

— Não vai funcionar — Samuca respondeu. — Você não vai me arrastar para a fase de planejamento dessa pequena expedição.

— Tá bom, mas eu sou obrigada. E eu vou. É uma coisa de família. E você não pode me impedir. Mas pode me ajudar. Então, por onde eu deveria começar?

Samuca cruzou os braços e fungou. Era uma armadilha. Mas ele não sabia como sair dela. Ele poderia não falar nada e sair andando. Mas aí ela sairia, e ele se sentiria um idiota por ficar em casa amuado e preocupado se ela estaria bem.

— Você sabe que eu melhorei bastante na viagem entre tempos — Glória falou.

— Eu sei. E você sabe que elas ainda me deixam confuso. Eu tenho flashbacks.

— Mas menos. Já faz meses desde seu último. Nós melhoramos com isso.

Samuca se virou e olhou para a enseada. A ilha era perfeita, em sua opinião. Ele conseguia ouvir alguns dos Garotos Perdidos martelando algo e rindo. Provavelmente estavam consertando o chiqueiro. Alguém estava caminhando pelos arbustos com a roupa branca de apicultor. Mila quase certamente estava na casa de vidro preparando algo fantástico para o almoço. Eles estavam nessa ilha havia quase um ano e ainda parecia uma vida que valia a pena ser vivida. Mais que isso, era a única vida que ele conseguia se lembrar de ter amado viver. E ele estava com medo. Conseguia admiti-lo. Isso não poderia durar para sempre. Todos os garotos teriam que seguir com suas vidas, alguma hora. Havia vidas, esposas e crianças no futuro de todos eles. Ou era isso que ele esperava. E era isso que o assustava.

Toda vez que ele navegara pelo tempo com Glória, ele esperava novos demônios, uma nova ameaça, um novo El Abutre. Esperava algum desastre. Inimigos que ele não conseguiria derrotar. Armadilhas das quais eles não seriam capazes de escapar. Quando as sombras se moviam na escuridão entre os tempos, até as cobras dele ficavam frias e ele sentia os corações delas travando, assim como o seu.

As Tzitzimime haviam retornado?

Os troca-peles o estavam caçando?

El Abutre tinha se levantado dos mortos para se vingar?

Eles cruzariam o caminho de Espectro, o garoto Ceifador? Ele tinha prometido recolher as almas deles da próxima vez que o vissem.

A vida na ilha tinha acabado? Estava na hora de enfrentar horrores de novo?

Mas ele sabia que os pensamentos de Glória eram diferentes nas jornadas deles. Na escuridão, os olhos dela estavam se esforçando para encontrar qualquer sinal da família. Ela não estava procurando por demônios ou inimigos; ela estava esperando ver o irmão, Alexandre, que teve os olhos, e talvez até a alma, esvaziados, e foi tomado e completamente controlado pela Sra. Devil. Ou ver a mãe, Laila, cega e errante, escrava da escuridão. Pessoas que ela amou tinham escolhido caminhar por caminhos amargos, caminhos que a angustiavam. E ela não podia evitar a esperança de que algum desejo por luz fosse aceso no interior deles, mesmo naquela escuridão exterior.

Glória agarrava qualquer oportunidade de vagar pelo vazio entre os tempos. E, quando ela e Samuca estavam no profundo daquele nada oleoso e fétido, ela até cantava. Embora ajudasse a memória de Samuca quando uma música contínua se apoiava em dois tempos diferentes, ele sabia que Glória não cantava só para ele. Ela lançava a voz pela escuridão exterior como um chamado para aqueles que ela amava e perdera, e esperava que eles a ouvissem, reconhecessem a sua voz e fossem tocados.

Essa certamente não era a primeira vez que eles dois estiveram discutindo ao lado da moto. Mas era a primeira vez que Samuca discutiu com medo completamente racional. Isso significava que Glória tinha todo o direito de ir.

Coisas medonhas eram a presa deles. Eles deveriam correr para cima das coisas assustadoras. Deveriam caçá-las. Samuca sabia disso. E ele sabia, pode chamar de premonição, que desta vez a vida na ilha da Terra do Nunca provavelmente havia acabado.

— Que foi? — Glória perguntou de repente.

Samuca piscou e saiu de seus pensamentos. Glória tocou o braço direito dele e Pinta arqueou o braço de Samuca contra os dedos dela, ansioso pela briga.

— Uma coisa de família — Samuca explicou baixinho. — Glória, eu sinto muito por seu irmão e sua mãe, você sabe. Mas não somos todos sua família agora?

Os ombros dela caíram e ela passou a mão no cabelo branco como um relâmpago.

— São, sim, mais do que imaginam. E eu sei que entrar e sair da escuridão é difícil para você. Pode acreditar. E, se a mensagem de Judá no porco estiver errada, aí a gente não perde nada por procurar. Mas, se estiver certa, então a gente não vai querer mesmo que esse novo cara saia na frente com a destruição dele, não é?

Samuca assentiu.

— Se já soubéssemos exatamente de quando e de onde Judá mandou aquela mensagem, poderíamos começar por lá. Pedir para ele explicar. Mas o relógio é a melhor aposta. Quem quer que seja esse cara, ele tem que se mover pela escuridão, né? E, se nós também estivermos na escuridão, o relógio vai apontar o caminho, certo?

— Então… você vai vir? — Glória perguntou.

— Bom, vai ser bem terrível e você não vai sozinha.

9

Isca

EM UMA RUA QUIETA EM IDAHO, por volta de 1982, na pequena sala de jantar em uma das metades de uma casa geminada cor de mostarda, o Judá e a Mila de meia-idade estavam sentados à mesa, abaixo de uma luminária com uma lâmpada.

A polícia tinha ido embora, mas a raiva e a angústia de Chong-Won e Gi-Hung ainda atravessavam a parede. As vozes deles, o zumbido da geladeira e a respiração lenta de Judá proviam um pano de fundo para a meditação de Mila.

Dois adolescentes sumiram à noite? Os policiais não demonstraram muito interesse. Estudantes fujões não eram uma preocupação muito grande para os rapazes com distintivos. Não iriam muito longe nesse frio. Eles apareceriam.

Não que Mila e Judá realmente esperassem que os policiais ajudassem… Como eles ajudariam, quando o desaparecimento envolvia viagens no tempo e corujas fantasmagóricas? Na verdade, eles tinham ficado impacientes para os agentes da lei tomarem seu rumo e saírem dali para que pudessem se concentrar em soluções reais. Mila nem ofereceu café ou biscoitos caseiros.

Judá tinha vasculhado a neve no jardim da frente, coletando cada pedaço e fragmento chamuscados de velino de porco que ele conseguiu encontrar. Os dezoito pedaços que ele juntou estavam agora espalhados sobre a mesa da cozinha como um quebra-cabeças, um que jamais seria montado. Judá arrastou os pedaços com as pontas dos dedos, virando-os e reorganizando-os, examinando cada letra de sangue manchada e cada borda queimada incontáveis vezes.

Mila o viu fazer isso de novo. Dezoito pequenos pedaços de pele de porco que jamais se encaixariam. Mas ela sabia que Judá não estava tentando encaixá-los fisicamente; ele estava tentando encaixá-los na mente. Ele era um homem que estava tentando se lembrar de um sonho.

— Algum progresso? — ela perguntou.

Judá não balançou a cabeça, exatamente. Ele a mexeu para os lados, ligeiramente.

— Talvez. Não sei. É… um vapor. Normalmente, quando as coisas me vêm à mente assim, consigo ler o manuscrito logo em seguida. Isso faz as memórias dos sonhos assentarem e as mantém no lugar. Tudo que estou lembrando é o que Manuelito já contou. Alex é El Terremoto, que está a caminho de lançar as nações no mar, espero que metaforicamente, e de desfazer a era industrial moderna. Os relógios de Abutre estão acorrentados ao coração de Alex, como cordas de fantoche douradas. Aquela tal Devil provavelmente o está controlando.

— Mas por que você usou o velino? — Mila perguntou.

— Você se lembra? Nunca tinha feito isso antes. Você enviou

a história inteira para o seu eu mais jovem. Tudo que você escreveu teria aparecido nos nossos porcos vivos. Certo?

Judá encheu as bochechas e exalou lentamente.

— Você queria que a gente lesse quando éramos mais jovens — Mila falou. — Quando ainda estávamos na Terra do Nunca. Mas por quê? Você consegue se lembrar pelo menos disso?

Judá não respondeu.

— Judá. — Mila se inclinou para a frente, pegando a mão do marido. A vida adulta não havia sido fácil para Judá, não depois de uma juventude fervilhante com aventuras e depois, assim que casaram, com livros que deram a ele dinheiro, viagens e fama. Levantando a mão, Mila a passou pelo cabelo grande, cacheado e com pontos prateados na lateral da cabeça do marido. Agora, sem Samuca e Glória, sem os Garotos Perdidos, sozinho e indefeso numa casa em 1982, aventuras não eram nem de longe tão atraentes quanto já foram.

Claro, aventuras jamais haviam sido atraentes para Mila. Ela já tinha tido aventuras demais e não queria mais nenhuma.

— Judá — ela falou de novo. — Me diga a verdade. Você escreveu o livro no velino para que a gente pudesse ler na Terra do Nunca. Mas por quê?

Judá olhou para ela.

— Eu não estava pensando claramente, você sabe disso. Dois dias atrás, eu não saberia nem dizer onde o velino estava.

— Embaixo da cama. Você sempre o deixou embaixo da cama. Agora, me diga por que o seu cérebro sonolento fez isso. Eu sei que você lembra.

Judá suspirou.

— Se Samuca e Glória soubessem da história, se eles soubessem o que o filho deles se tornaria, então talvez não se casassem. Alex jamais teria nascido. Eu precisava que eles fizessem uma escolha melhor.

Mila soltou o marido e se ajeitou na cadeira.

— Mas você não acha isso agora, acha? Que seria melhor que Alex não tivesse nascido?

— Talvez. — Judá fez uma careta. — Eu não quero pensar isso. Mas se só houvesse duas opções…

— Não tem só duas opções. Nunca tem só duas opções. Essa não pode ser a melhor maneira.

— Não tô falando que só existem duas opções. Eles poderiam ter escolhido não sair pela porta tantos Natais atrás, quando Alex era pequenininho. Mas eles saíram. E eles sumiram. Então, eu transferi a escolha para nós na Terra do Nunca. Seria melhor para Samuca e Glória nunca terem tido Alex, ou terem que caçar e matar o próprio filho? Porque eles são os únicos capazes disso. Você sabe. Essa é a escolha deles: nunca terem Alex, ou serem quem terá de caçá-lo.

Mila colocou mãos sobre a mesa.

— Ele já nasceu. Nós o criamos. Nós o amamos e ele nos ama, e ele não vai se tornar o que a história do seu sonho falou. Não vai. — O olhar dela pingou sobre as linhas incompletas nos pedaços de velino queimados. Ela viu sangue. E verbos dos quais ela não gostava. Verbos violentos.

— Você sabe que eu o amo — Judá falou. — Ele é meu filho desde quando a porta da frente se fechou, deixando os pais dele pra trás. Mas Samuca e Glória deveriam saber enquanto ainda são jovens o bastante para prevenir tudo isso. Deixe-os decidirem o que fazer. Foram eles que trouxeram Alex ao mundo. São eles que terão que impedi-lo. E eles precisarão fazer isso antes mesmo de o terem. Antes de se casarem. Quando eles possuírem basicamente a mesma idade que o filho que eles vão ter e deixar. Porque eles estão sumidos, Mila. Estão desaparecidos a vida inteira do filho. E, se houvesse uma única coisa que eu pudesse mudar, seria isso.

Mila colocou o cabelo atrás das orelhas e pôs as mãos sobre as bochechas. Ela estava se sentindo mal. Um peso estranho na barriga. Uma dor no peito.

— Alex ama a luz — ela falou baixinho. Seus olhos derramaram calor sobre as bochechas. — Em cada história que ele já leu ou escutou. Na vida toda. Verdade, bondade e beleza. Ele é leal aos três. Eu sei que ele é. Você lhe deu isso. Ele morreria antes de deixar aquela mulher transformá-lo.

— Eu oro para que você esteja certa. — Judá estendeu a mão para a esposa, mas subitamente deu um solavanco para trás.

Levantando com um pulo, Judá puxou a manga esquerda até o cotovelo e deu um tapa no antebraço.

Letras cursivas de sangue estavam formando bolhas abaixo de sua pele.

Palácio Tenochtitlán La Noche Triste
Meia-noite, 1º de julho de 1520, El Terremoto

Quando as letras pararam, Judá se inclinou sobre a mesa para estender o braço sob a luminária. Respirando com força, ele leu as palavras em voz alta.

— O que é isso? O que significa? — Mila perguntou. Ela passou os dedos sobre as bolhas.

— Aquela Devil está nos provocando. Ela está nos dizendo onde Alex está. Onde ela pretende causar um novo terremoto. E isso não é bom. Tenochtitlán é a Cidade do México. *La Noche Triste* significa "A Noite Triste".

— Triste por quê? Eu deveria querer saber?

— É a noite em que Hernán Cortés e seus homens mataram Montezuma, o rei asteca, e saíram da cidade num completo banho de sangue. — Judá olhou para os olhos de Mila. — Algumas noites mudam tudo e essa foi uma delas. O ponto de flexão que iniciou o fim de um império e estendeu o poder e a riqueza de outro. O tipo de noite que a Devil amaria… uma noite de violência e escuridão.

— Certo. O que vamos fazer?

— O que podemos fazer?

Mila escolheu o maior pedaço de velino na mesa e o entregou para o marido.

— Mande essa mensagem de volta para nós na Terra do Nunca. Diga às nossas versões mais novas para contarem a Samuca e Glória. Eles conseguem chegar lá. Nós, não.

Judá pegou o pedaço, e Mila se virou e abriu uma gavetinha na cozinha cheia de elásticos, clipes de papel, moedas e cupons de desconto. Do topo dessas coisinhas, ela apanhou as penas que Manuelito tinha deixado com eles e uma caixa de fósforos.

— Vamos espalhar a notícia — ela disse. — Ela acha que pode se gabar por mandar Alex para um banho de sangue?

— Espera, talvez ela queira que a gente faça isso.

— O quê? — O sangue de Mila estava martelando. — Por que raios ela queimaria todo seu velino se ela quisesse que a gente mandasse mensagens para o nosso passado?

— Isso é diferente. Aquilo era uma história específica. Um aviso que poderia ter impedido tudo isso. — Ele se sentou de novo, observando o antebraço.

Mila riscou um fósforo e o fedor de enxofre caminhou pela cozinha. Mas esse fedor sumiu quando ela incendiou as penas. Carregando as duas para a mesa, jogou-as sobre a superfície, longe dos pedaços inflamáveis de velino. Fumaça preta e fedorenta subiu rodopiando como uma trança até o teto e então se separou, espalhando-se sobre o gesso e os pontilhados dourados.

Judá observou as chamas devorando as penas. Ele viu a fumaça subindo. E então ele suspirou.

— Certo, vamos espalhar a notícia. Vou precisar de uma caneta-tinteiro para o sangue.

Samuca e Glória finalmente tinham terminado de arrastar a moto para fora do barracão e Glória estava abastecendo o tanque, quando eles ouviram um porco gritar. Do outro lado da pequena enseada onde eles estavam, uma porca branca estava empinando no chiqueiro como um touro de rodeio, roncando e girando, gritando e chutando, enquanto todos os outros porcos se afastavam rapidamente.

Samuca observou por um momento. Glória abaixou o galão de gasolina e tampou o tanque da moto.

— Ferroada de abelha? — Samuca perguntou.

— Baita abelha — Glória respondeu. — Talvez outra mensagem.

Samuca olhou para a casa. Pela grande janela da cozinha, ele conseguia ver a irmã em pé ao lado de Judá. Ele apontou para a porca assustada e os viu virando as cabeças.

Alex se virou lentamente, tonto no escuro. Ele não fazia ideia de para onde havia voado ou quanto tempo havia levado, mas conseguia ouvir Rhonda arfando perto dos seus pés. Ele não conseguia ver nada, mesmo com os relógios flutuantes ainda brilhando acima.

Ele tinha usado três relógios diferentes, mas, por alguma razão, nenhum deles pareceu o certo por muito tempo. E cada vez que ele mudava de ideia frustrado, colocando um relógio para o lado e trocando por outro, ele e Rhonda eram jogados para outra direção, e sua confusão aumentou. Mas o quarto relógio, de alguma forma, o acalmou. Ele parecia… certo.

Ótimo, a Sra. Devil falou em sua mente e talvez isso devesse tê-lo preocupado.

Agora, a escuridão estava tão densa que a luz brilhante do relógio não ia muito mais longe que o peito dele. Ele sentia os pés raspando contra rochas ásperas, mas não conseguia vê-los. Nem nada para cima. E o ar — se é que era ar — ardia por dentro das narinas e no fundo da garganta como uma fumaça grossa e fétida. Ele se perguntou por quanto tempo o ar teria que ficar parado para fermentar desse jeito. Claro, viajar na escuridão além do tempo era tão estranho que era impossível saber há quanto tempo eles estavam realmente se movendo. Depois de escolher o primeiro relógio e pular da torre da Sra. Devil, ele tinha girado tanto que poderia ter afundado ou voado, dormido ou morrido. Quando o quarto relógio estava guiando a viagem, ele já tinha caído num tipo estranho de sono, com a mente consciente lentamente perdendo a noção da própria existência, até ser agitada por uma mudança brusca de temperatura ou pelos chutes de Rhonda.

Eles estavam cercados por um frio afiado como agulha por tanto tempo que Alex tinha se perguntado se eles tinham parado de se mover. E então a escuridão ficou tão espessa e quente, oleosa contra a pele, que o fedor ácido de morte e podridão tinha enchido os pulmões, a garganta, a boca e o crânio dele. O fedor tinha tentado infiltrar cada parte sua. E, do outro lado dessa nuvem de podridão, suas botas tinham se arrastado contra rochas e ele tinha empurrado Rhonda enquanto tentava manter o equilíbrio e ficar ereto.

— Sua cabeça… daqui de baixo, parece um fantasma, flutuando em uma gaiola de correntes — Rhonda falou.

— Bom, não é. — Alex fungou, limpou a garganta e cuspiu, tentando se livrar daquela sujeira sebosa no ar. Mas não conseguiu.

— Que nojo. Me salpicou toda — Rhonda disse.

— Ora, então fica onde eu consiga te ver. Me ajuda a achar um caminho para fora desse lugar.

— Não consigo. Ainda não — Rhonda falou de algum lugar abaixo dele. — Me dá um minuto.

Alex cuspiu de novo, desta vez para o outro lado. Ele se virou lentamente no lugar e sentiu os sulcos entre os grandes blocos de pedra abaixo dos seus pés.

— Tem que ter escadas, uma porta ou alguma coisa, né? — Alex perguntou. — Como aquelas escadas descendo para a porta do relógio na França.

— Como é que eu vou saber? — Rhonda respondeu. — Mas sabe o que é estranho?

— Tudo. — Alex estendeu os braços para os lados e as pontas dos seus dedos desapareceram. O casaco de búfalo estava pesado sobre os seus ombros e ele estava suando com aquilo. Conseguia ver os pulsos claramente. As palmas estavam quase invisíveis e os dedos sumiam. — Cada coisa aqui é estranha.

— Sim, claro — Rhonda respondeu. Alex a ouviu fazendo ruídos na escuridão. — Mas também a temperatura do chão. — O som de mãos nuas estapeando pedras foi seguido por tosses. E então um espirro. — Que poeira. — Rhonda fungou. — Mas o que quero dizer é que pedras deveriam ser frias, né? Mas essas não estão. Estão mais quentes que o ar.

Alex se agachou e colocou a mão direita sobre a superfície empoeirada. Calor, lento no início, engatinhou por sua pele e entrou na mão.

— Deve estar mais quente do outro lado — Alex falou.

— Eu sempre quis ir a algum lugar tropical. Mas ainda precisamos encontrar uma porta, ou escadas, ou algo assim.

Levantando-se, ele começou a procurar o caminho na escuridão.

— Alex! — Rhonda gritou. — Espera. Não me larga aqui!

— Então levanta e faz alguma coisa. — Alex continuou caminhando, esticando os pés e sentindo o chão com as botas, para ter certeza de que ainda tinha chão antes de se inclinar para a frente com as mãos.

— Alex!

Alex deu outro passo e se inclinou, sentindo a escuridão oleosa com os dedos. Ele ouviu o som de algo riscando vindo de suas costas e se virou, bem a tempo de ver uma chama aparecendo da mão de Rhonda. Ela estava sentada no chão de pedra e segurava um isqueiro. Porém a chama estava grande demais e crescia rápido. Trinta, sessenta centímetros, sugando e lambendo o ar inflamável.

— Eu encontrei isso nessa jaqueta. Ai! — Rhonda largou o isqueiro e segurou a mão. As chamas cresceram, formando um ciclone ao lado dela, girando o isqueiro no chão e crescendo para cima até estar bem mais alto que Alex e ainda crescendo.

— Nada bom. Apaga isso com o pé! — Alex mandou.

— Apaga você! — Rhonda engatinhou para longe da vinha de fogo. — Pelo menos agora você consegue me ver!

Alex ficou olhando. Era como um pé de feijão mágico feito de fogo. Até que altura ele iria? Esse lugar tinha um teto? Ele se moveria como tornado ou ficaria parado ali até não haver mais ar oleoso para queimar? E quanto tempo demoraria? Ele conseguia ver gavinhas de escuridão sendo sugadas pelo ciclone, rastejando pelo chão de pedra e apalpando o ar assim como as mãos de Alex estavam fazendo momentos atrás. O inferno giratório sugava tudo conforme crescia.

As bordas do chão onde ele e Rhonda tinham aterrissado agora estavam completamente visíveis. Eles estavam sobre um amplo hexágono de pedras empoeiradas e sem paredes. Sem portas. Sem escadas. Além das bordas das pedras, o chão estava tão escuro que ele não conseguia nem dizer se ainda havia chão. Nenhuma luz do fogo que tocava a escuridão escapava dela. Poderia ser um líquido, uma pedra, ou simplesmente um penhasco para o nada e, em um passo ou dois, ele teria descoberto.

— Alex! — Rhonda estava gritando do outro lado das chamas. E ela estava apontando para algo bem no meio daquele lugar. Uma maçaneta de ferro no chão. O tornado de fogo a lambeu, a engoliu e a cuspiu de volta enquanto se movia.

Alex se aproximou alguns passos e esticou um braço para proteger o rosto do calor, grato pelo pesado casaco nos braços.

A maçaneta estava rodeada por ladrilhos triangulares como pétalas de uma flor. Como degraus de uma escada em espiral. Alex se ajoelhou e jogou o casaco sobre os ombros e a cabeça, protegendo a pele. Com a cabeça o mais perto possível da pedra, ele rastejou para a frente até o calor o forçar a parar. Mas ele ainda estava a pelo menos cinco metros. O tronco do vórtice de fogo estava do tamanho de um bambolê agora, porém se afastava do centro do lugar e se aproximava de Rhonda. A cada centímetro que ele se movia, Alex se movia um centímetro. Rhonda recuou, circundando o pilar de chamas e então se agachou ao lado de Alex.

Ar quente girava ao redor deles enquanto o fogo soprava.

— O que você acha que vai acontecer se ele cair pela borda? — Rhonda perguntou.

— Não faço ideia. Talvez suma. Talvez vire uma bomba nuclear. Não vamos ficar aqui para descobrir.

Ele se arrastou para a frente e o tornado dobrou na sua direção, sugando, soprando e gargarejando o oxigênio e qualquer que fosse o gás inflamável que o estava alimentando. Alex abaixou a cabeça, mas não recuou. Depois de um momento, o ciclone estava se movendo, girando seus quadris de fogo enquanto se afastava, acelerando ligeiramente enquanto se aproximava da borda sombria.

Alex foi para a frente com Rhonda logo ao seu lado. As pedras estavam dolorosamente quentes, mas ele esperava que eles não ficassem sobre elas por muito tempo. A maçaneta estava ao alcance.

Juntos, eles a seguraram e então recolheram as mãos. O ferro estava escaldante. O tornado parou, quase como se estivesse pensando, como se estivesse decidindo se voltava para sugar os dois humanos juntamente com o ar seboso.

Alex não ia dar essa chance. Colocou a mão dentro da manga, e Rhonda fez o mesmo. Com as mãos protegidas, eles seguraram a maçaneta juntos.

— Puxa! — Rhonda disse. O tornado se afastou de novo, até a borda do chão.

— Eu sei — Alex respondeu.

Juntos, eles puxaram. A maçaneta subiu e três elos de uma corrente antiga saíram do chão. Ao mesmo tempo, o ciclone de fogo caiu da plataforma de pedra e, com isso, a escuridão foi tomada por um som como o de mil colchões caindo. Os tímpanos de Alex se contraíram dolorosamente. Ele arfou procurando ar, mas não encontrou. O oxigênio havia sumido. Fogo brotou em todas as direções como uma enchente de chamas. Dezenas de enormes tornados de fogo surgiram das torrentes de chamas.

Abaixo dele, pedras estalaram e se moveram. Alex as sentiu tremendo e raspando, e então se abrindo como uma escadaria abaixo dele.

Alex, Rhonda e um casaco de búfalo fumegante caíram por escadas quentes.

10

Reunião

As ruas de Paris estavam tomadas por uma única multidão interminável. Samuca, mais alto do que todos espremendo-se ao seu redor, abriu caminho no meio do povo, lutando para caminhar até uma fonte no centro de uma grande praça. Seus braços escamosos iam à frente, esgueirando-se por espacinhos e abrindo um caminho largo o bastante para os ombros.

Atrás dele, Glória estava segurando um punhado da jaqueta de Samuca entre as escápulas dele, arrastando-se atrás. O puxão constante indicava que ele ainda não a tinha perdido. Finalmente chegando à fonte, Samuca subiu na borda e se virou. A altura extra deu-lhe uma visão clara sobre o mar de cabeças, cartazes pintados à mão e estandartes feitos de lençóis. Ele jamais estivera em meio a uma multidão tão grande… nem tão brava. Fúria murmurada flutuava no ar como uma névoa invisível e isso fez o coração de Samuca acelerar. Algo grande havia acontecido aqui. Algo político.

Glória segurou a mão direita de Samuca e Pinta o ajudou a puxá-la para o lado dele. Puxando para trás o cabelo cor de neve, ela apertou os olhos para ler os arredores.

Lençóis rasgados estavam pendurados entre cabos de vassouras. Bandeiras tricolores flamulavam. Papel de açougue, tábuas e efígies em nós de forca estavam pendurados em postes. Frases estavam pintadas em vermelho por todo o lugar.

Mort à l'Espagne!
On les aura!
Vive la France!
Mort à l'Espagne!
On les aura!
Mort à l'Espagne!
Mort à l'Espagne et à l'Allemagne!

— Morte à Espanha — Glória falou. — Morte à Espanha e à Alemanha. O que Alex fez já foi feito e a Espanha levou a culpa. Quando tudo isso se desenrolar no presente... eu nem quero saber no que vai dar.

— Vamos nos preocupar só em achá-lo agora. Depois a gente vê se consegue juntar o leite derramado — Samuca falou.

— Se você conhecesse essa história, não faria essa referência. A menos que você esteja tentando me encher de desespero de propósito.

— Sempre é meu objetivo. Você me conhece. — Ele pegou o relógio quebrado do bolso da calça e o deixou pendurado sobre a perna. Glória observou.

— Ele não está aqui — ela falou. — Devil já o levou para outro lugar.

Glória moveu o pulso como se estivesse batendo um chicote invisível. Areia preta escorreu de sua palma e caiu na fonte atrás dela.

— Licença! Afastem-se, por favor! — ela gritou.

Homens e mulheres raivosos se viraram e olharam para ela da rua ali abaixo. Outros, compartilhando a borda da fonte com Samuca e Glória, olharam feio para ela pelo canto do olho.

— Pardon! — ela gritou, levantando as mãos para afastar a multidão. — Eu só não quero cortar ninguém no meio!

Um homem começou a gritar contra Glória, apontando e cuspindo. Samuca não sabia francês, mas tinha quase certeza de que estava ouvindo palavrões. Mas todos os outros pareciam ter notado a areia escorrendo da mão de Glória.

Olhos se arregalaram. Sussurros passaram pela multidão e mais cabeças se viraram.

— Ah, ótimo — Glória disse.

— Só faz logo — Samuca falou —, eles vão se afastar.

Glória desprendeu o relógio de Samuca, derrubou-o sobre o pé dela e ele escorregou quase um metro para o lado. Então, ela girou a mão sobre a cabeça, e a areia chiou e zuniu, derretendo e virando uma lâmina de vidro preto como uma foice de ceifador. Por fim, a lâmina cantou como cristal, deixando uma tempestade de areia girando atrás dela.

Homens tropeçaram na fonte para se afastarem. Uma mulher gritou. A multidão recuou aos trancos.

Glória se aproximou de Samuca, diminuindo o giro do braço acima da cabeça e então o jogou para baixo.

Juntos, os dois estavam sozinhos dentro de um cilindro de vidro fosco. O único som era a respiração acelerada de Glória.

— Isso nunca perde a graça — Samuca falou. — Mas tinha um plano depois disso aqui? — Estendendo a mão, ele bateu no vidro com o dedo. O movimento da multidão lá fora agora estava tão lento que eles pareciam congelados, estátuas movendo as bocas com palavras que demorariam dias para se completarem. Bandeiras e estandartes estavam subitamente tão rígidos quanto cabos ao vento.

— Só fica de olho no relógio — Glória disse. — É tipo o seu plano, só que melhorado. — Ela tocou a lâmina de ceifador no vidro acima da cabeça e ele acelerou com o toque.

Samuca se agachou enquanto Glória trabalhava, olhando para o relógio do outro lado do vidro derretido. Glória girou o braço como se estivesse girando um laço e o cilindro começou a girar no sentido horário. A multidão lá fora subitamente começou a se mover voltando no tempo. A inundação de raiva recuou, revertendo o curso, esmaecendo e finalmente desaparecendo.

E o relógio estava parado.

A noite se ergueu. O dia se pôs. A noite se ergueu e o dia caiu de novo. As ruas lá fora estavam cheias de carroças andando de ré, empurradas pelas ancas de cavalos galopando para trás. E então Samuca viu a corrente quebrada do relógio pular.

— Espera! — Samuca gritou e Glória parou, respirando forte. — Ele se mexeu, mas muito pouco.

Glória inverteu a direção, girando no sentido horário agora, bem mais devagar. Ainda agachado ao lado dela, Samuca enroscou Pinta e o braço direito por trás dos joelhos dela.

— Ali! — Samuca gritou. A corrente tinha pulado de novo. Glória lentamente girou o cilindro de volta até a corrente do relógio se mover e então parar, deixando-o parado no ar.

— Não foi muito tempo — ela disse. — Por quanto tempo ele esteve aqui? Dois minutos? Em algum lugar nessa cidade enorme? E ele mudou tudo?

— Se Alex puder se mover como Abutre… como você… então dois minutos são mais que suficientes.

Com um movimento do pulso, Glória transformou o cilindro de vidro em areia. Um vento fresco girou entre eles, trazendo os sons de uma cidade no finzinho de uma era, preparando-se para violentamente dar à luz outra era. Cascos de cavalos sobre pedras. Motores em caminhões. Açougueiros, padeiros e fabricantes de velas vendendo seus produtos audivelmente em francês.

Samuca se sentou ao lado do relógio enquanto ele se movia e tremia. Pinçando a ponta da corrente quebrada entre o polegar e o indicador, ele a levantou. O relógio balançou e lutou contra a gravidade, levitando e apontando sobre a praça, em direção a uma longa rua repleta de enormes prédios de pedra.

Glória se sentou ao seu lado.

— Bem, nosso filho está aqui, em algum lugar — Samuca falou. — E aqueles relógios estão nele.

— Eu tô tentando fazer tudo isso sem pensar nessa parte — Glória respondeu baixinho. — Não parece real. Sendo honesta, se parecesse, eu provavelmente só me encolheria bem aqui e morreria de chorar.

O relógio ficou flácido, pendurado como um pêndulo moribundo abaixo da mão de Samuca.

— E Alex sumiu. De volta para a escuridão entre os tempos, provavelmente. — Samuca olhou para o céu, coçou o queixo com barba por fazer e inspirou, como se conseguisse captar o aroma do filho além do tempo.

— Samuca… — Glória inclinou a cabeça sobre o ombro do marido. Ele sentiu o chocalho tremendo livremente sob o peso. — O que a gente fez de errado? Como nós o perdemos? É para lá que deveríamos ir. Deveríamos achar onde foi que erramos. E aí deveríamos dar uma surra em nós mesmos.

— Não podemos fazer isso.

— Tem que haver um jeito.

— Sua alma não pode estar em dois corpos no mesmo espaço e tempo. — Samuca falou sabendo que Glória já sabia disso melhor do que ele. — Estaríamos nos matando.

Glória não respondeu. Suspirando, ela colocou a mão na jaqueta e pegou um pedaço de papel que Pedro lhe havia dado. Samuca sentiu ela ficar tensa e ela se endireitou rapidamente.

— Ele escreveu! Ele tem o que precisamos! — Glória entregou o recado para Samuca e se levantou.

Samuca pegou o papel e ondas de memórias se derramaram sobre ele enquanto lia aquela caligrafia. Quando conheceu Glória, quando finalmente colocou os pés no caminho que o levaria aos braços de cascavéis, à Mila e à vitória sobre Abutre, ele recebeu bilhetes do Padre Tiempo velho, assim como esse papel. Excessivamente concisos. Geralmente avisos.

M FALOU GAROTO E GAROTA PARA CIDADE DO MÉXICO. PALÁCIO REAL MEIA-NOITE VIOLENTA 1º JULHO 1520. POSSÍVEL EMBOSCADA DEVIL. PAT

— Cidade do México em 1520? — Samuca perguntou. — Eles vão mexer com os astecas? Quem é M?

— Manuelito — Glória respondeu. — E eles poderiam estar mexendo com espanhóis piratas. De qualquer forma, vamos! — Ela ajudou Samuca a se levantar.

— Meia-noite violenta — Samuca falou. — Isso é além da emboscada ou é a mesma coisa? Pedro realmente precisa aprender a preencher uma página.

— Não importa. Emboscada, violência, tanto faz. Nosso filho tá lá, nós vamos pegá-lo e aquela Devil já era.

Os mundos já viram muitas torres. Homens amam construí-las, buscando alcançar as estrelas ou, com mais frequência, tentando escapar dos que habitam sobre o solo. No futuro distante, quando o sol brilhar mais forte, a dança dos planetas tiver sido curada e a morte tiver morrido, torres se erguerão além da imaginação dos mortais agora vivos. Mas não além da imaginação de qualquer mortal agora morto.

Era uma vez uma torre construída para casar mortais com as estrelas, um templo para comprar o divino com carne, um local para governar o tempo e o espaço e para negociar com deuses sedentos por sangue ou por beleza. Nessa torre, deuses se encontravam com mortais. E, dessa torre, tais deuses foram espalhados e banidos, demônios rebaixados, amaldiçoados a engatinharem no pó com aqueles que habitam sobre o solo.

Nessa torre nasceram as primeiras Tzitzimime e muitas outras como elas. Mas o próprio solo se rebelou contra isso, e os mares foram enviados para engolirem a torre, e ela foi consumida. Ainda assim, a coroa dela permaneceu, uma poderosa pirâmide, e sua ponta era uma câmara flutuante de videntes, onde o tempo revelava seus segredos e para onde homens avidamente voltavam para conversar com deuses. Porém uma nova maldição veio e eles foram espalhados, balbuciando, ainda mais humilhados do que antes, um passo mais próximos dos animais.

E tempestades de areia foram enviadas e engoliram a pirâmide que uma vez fizera a ponte entre os moribundos e os imortais. A história a esqueceu. Videntes não mais escalam até o topo para testemunhar os mistérios. É um labirinto enterrado de pó e morte, cheio de ouro inútil e seres incapazes de morrer, dormindo. Um labirinto que afunda, sempre afunda, andar por andar, para o coração de fogo líquido da terra.

Agora, no topo enterrado, onde as paredes de janelas de vidência ainda estão abertas para o mundo, há um tanque preto com quatro correntes presas a uma única ampulheta escorrendo as areias da história para dentro da água, e, ao lado do tanque, está a única mulher que aprendeu os segredos da torre, a filha de mulheres que eram filhas de demônios que eram filhas de deuses que um dia caíram das estrelas.

Com uma longa taça marrom nas mãos, a Sra. Devil estava reclinada numa cadeira de teca que ela tinha roubado havia muito tempo de um hotel num lugar chamado Bath. Ela tinha feito os ajustes necessários aos quatro relógios ao redor do tanque, e a parede de janela inclinada e triangular para a qual ela estava virada voltava-se para uma cidade a milhares de quilômetros, iluminada com milhares de tochas. Uma cidade sagrada com canais refletindo as luzes das tochas e com templos em pirâmides de degraus, onde muitos milhares haviam sido sacrificados ao sol, onde Tzitzimime e Quetzalcoatl tinham desfrutado do cheiro de sangue fresco derramado por sacerdotes emplumados e do rugido adorador da multidão. Uma cidade rica, uma cidade de muito ouro, uma cidade que deveria ter sido dela e que ainda seria.

Tenochtitlán. A Cidade do México.

Em sua distante torre, a Sra. Devil frequentemente assistia aos rituais, embora, como a última herdeira viva da torre, ela governasse apenas os mortos-vivos que habitavam os muitos andares abaixo. Ela corava com animação e sentia o próprio coração acelerando quando os corações de outros humanos, ainda batendo, eram elevados pelos sacerdotes e reis e oferecidos ao sol. E gostava de imaginar que toda vida tomada naqueles altares de pedra no topo daquelas grandes pirâmides era tomada para ela. Assim como gostava de assistir aos czares sendo destruídos na Rússia e imaginar que isso havia acontecido por ordem sua, ou que ela havia exigido as cabeças dos aristocratas franceses na revolução do país. Com Abutre morto e até as Tzitzimime imortais derrotadas por Glória e pelo seu Samuca com braços de cobra, Devil tinha se abstido de interferir por um bom tempo. Ela tinha recuado para a sua torre, a fim de assistir. E planejar a destruição dos dos Milagres. E, frequentemente, ela assistia à mesma terrível sequência acontecendo nas Américas.

A Sra. Devil assistiu, repetidas vezes, à chegada dos espanhóis. Testemunhou a doença que devoraria o império asteca e o sujeitaria a três séculos de escravidão colonial.

Não desta vez. Desta vez, ela tinha adicionado novos ingredientes à situação.

Um matador chamado Kit. Ele seria o sumo sacerdote e governador dela. Em breve, ela não precisaria fingir receber os sacrifícios de sangue. Seu sacerdote a apresentaria como uma nova deusa. E ela seria uma deusa muito sedenta, certamente.

El Terremoto. O martelo, a ferramenta dela. Se ele sobrevivesse. Uma isca de um uso só, caso morresse.

Uma garota chamada Rhonda.

E convidados Milagrosos variados, condenados a morrer assim que corressem para darem uma de heróis de novo.

Ela estava pronta até para apimentar a situação toda com milhares de guerreiros mortos-vivos adormecidos e criaturas de sua própria torre no Oriente Médio. Só por diversão.

Qual seria o sentido de governar uma horda de imortais mumificados mais antiga que a civilização se você não os acordasse de vez em quando? Eles estavam prontos e aguardando em centenas de corredores e em milhares de escadas abaixo dela. Essa armadilha para os dos Milagres necessitaria do uso deles. Uma pequena segurança extra. Um exército de curingas na sua manga.

A Sra. Devil colocou a taça sobre uma mesinha ao lado da cadeira e pegou um sininho de bronze com cabo de osso, tocando-o uma vez.

Uma mulher alta e magra, usando bandagens justas sobre o corpo e sobre os olhos, subiu para o jardim vinda de uma escadaria escondida e foi lentamente em direção à cadeira da Sra. Devil.

— Laila Navarre, está na hora de abrirmos esses seus olhos, não acha? — a Sra. Devil falou. — Eu gostaria que você visse seu neto antes de ele morrer. Tire essas bandagens.

A mulher desenrolou o tecido ao redor da cabeça, revelando duas cavidades oculares vazias. Não ensanguentadas, nem feridas, apenas… vazias.

— Entre no tanque — Sra. Devil ordenou.

A mulher caminhou para a frente, até seus pés descalços estarem na borda do tanque. Cautelosa, mas mecanicamente, como um fantoche ou um robô de pele macia, ela entrou na água preta. Escadas escondidas a levavam para baixo, baixo e mais baixo. A superfície subiu para o quadril dela, para as costelas, o peito, até o queixo. Ela ficou perto do centro, nada mais do que uma cabeça flutuante, com líquido preto pouco abaixo dos seus lábios finos, e areia preta da ampulheta acima chovendo suavemente para dentro da água diante dela.

Mais um passo e ela afundou. Momentos depois, emergiu de novo e começou a subir pelo outro lado do tanque, não mais rápido do que tinha descido, sem respirar forte, sem respingar água nem espremê-la do curto cabelo preto. Mas, onde estavam as cavidades vazias, agora havia olhos líquidos.

Piscando, ela se virou e olhou para a Sra. Devil.

— Melhorou? — a Sra. Devil perguntou.

Laila assentiu e respondeu:

— Sim. Eu gostaria de ver minha filha.

— Glória? Honestamente, ninguém gosta da sua filha. Mas eu transformei seu neto em algo que vale a pena ver, embora ele não vá ficar por aí por muito tempo. — Endireitando a saia sobre os joelhos e as canelas, a Sra. Devil mudou o foco de volta para a visão antiga da Cidade do México. Havia multidões movendo-se pelas ruas agora. As tochas se multiplicavam.

Ainda pingando, Laila Navarre se virou e olhou também.

— Convoque os outros — Devil mandou. — Traga todos os adormecidos secos e encolhidos. Os mortos-vivos. As feras domadas. Mande-os passar pelo tanque. Vou enviar todos eles. Esta noite, pela primeira vez em seis eras, esta torre ficará vazia.

11

A noite triste

Com o rosto para baixo, Alex piscou lentamente. Ele sentiu um galo no topo da cabeça, cortesia das cambalhotas que havia feito escada abaixo. O casaco de búfalo estava enrolado ao seu redor. Onde estava Rhonda?

Ele lutou contra o casaco e conseguiu rolar para o lado. Rhonda já estava se sentando. Onde o lugar deveria ter um teto, estava tampado com a barriga do fogo que eles haviam acendido na escuridão; de alguma forma, distante, abafado, morno em vez de escaldante. Alex não via as escadas em lugar algum, mas, graças ao inferno acima, conseguia ver coisas bem mais interessantes.

O lugar era grande e perfeitamente quadrado. Nove pilares quadrados em fileiras com três pilares cada uma o dividiam. Cada superfície estava coberta com ouro e cada centímetro de ouro tinha entalhes: deuses rosnando e devorando mulheres, guerreiros com penas e cabeças de águia de bicos escancarados. Sóis, luas, estrelas e serpentes, mulheres com asas de morcego, com caixas torácicas cheias de defuntos, feras e corpos em todo lugar. E caveiras. Fileiras e fileiras de caveiras circundando o topo das paredes e apoiadas sobre o chão de pedra verde, na base.

— É disso que eu tô falando. Ouro! — Rhonda disse. — Você sabe quanto tudo isso vale em 1982? Isso nos deixaria completamente seguros. Uma casa de praia em Malibu.

Alex se sentou e colocou os relógios flutuantes atrás de si.

— Você vai carregar tudo isso?

— Você se esqueceu de que praticamente não temos peso lá na escuridão?

— E você se esqueceu de que brincou com fogo lá em cima e o lugar todo explodiu? — Alex coçou o queixo barbado. — Você quer ser frita?

— Vai passar. — Rhonda se levantou. — Se liga naquilo! No meio.

Alex se colocou sobre os joelhos e depois sobre as botas. Suas costas doíam. O joelho direito. Dores de crescimento, talvez. Suas juntas e membros ainda não estavam acostumados consigo mesmos.

— Onde você acha que estamos? — Rhonda perguntou. — Se for um jardim do tempo, definitivamente parece mais antigo do que aquele lugar na França.

— Claro que é um jardim do tempo. Um relógio trouxe a gente para cá, não foi?

Rhonda correu em direção ao pilar central. Alex a seguiu mais lentamente, arrumando os coldres e o pesado casaco no caminho. A luz do fogo acima projetava sombras móveis sob os entalhes estranhos, mas também havia outras coisas movendo-se: sete discos dourados estavam orbitando o pilar central, gentilmente beijando um ao outro quando se encontravam no ar, cada um entalhado intrincadamente, com vários buracos geométricos.

Um dos relógios de Alex flutuou em direção a eles, mas ele o puxou de volta e o colocou no colete. Puxando os outros, guardou todos.

— Esses discos de ouro vão ser fáceis de levar — Rhonda falou. — E você não vai poder choramingar sobre carregá-los. Dá para a gente voltar depois com as ferramentas para as paredes.

Ela esticou a mão para pegar o maior, um disco de quarenta centímetros, como uma moeda gigante coberta com entalhes de uma única face com penas e rosnando.

— Eu não tocaria nisso — Alex disse.

Mas ela tocou. Segurando as bordas, Rhonda a puxou, tropeçou para trás, gritou de dor e então caiu no chão.

Alex fez uma careta com o primeiro ruído do objeto caindo no chão e se virou quando o disco parou.

— Isso me cortou! — Rhonda gritou.

Uma placa de ouro na parede distante se abriu ruidosamente e três homens enormes pularam de lá.

À direita e à esquerda, os homens estavam tatuados e sem camisa, mas usavam saiotes com joias, colares e elmos de ouro com penas. Eles estavam carregando tochas e enormes espadas de madeira entalhada com pontas brilhantes feitas de pedra.

Mas o homem no meio era algo diferente. Seu colar era de jade e Alex achou, no início, que ele estava vestindo uma pele de onça como um moletom com capuz, usando as patas dianteiras como mangas. Mas então ele viu garras emergindo das patas do homem e uma longa cauda balançou atrás dele. Não estava apenas vestindo a pele. Era um homem com uma onça implantada. Como Samuca dos Milagres com suas cobras... só que muito mais extremo.

— Credo — Rhonda falou.

Os homens com espadas olharam para o teto pegando fogo e arregalaram os olhos. O homem-onça se agachou, rosnando por uma boca inumana.

— E aí — Alex disse, tentando sorrir. — Não se preocupem com a gente. Já estávamos de saída.

O guerreiro à esquerda concentrou-se nele. Ele tinha sóis com caveiras tatuados em cada ombro e eles ondularam quando ele levantou a mão para mexer no próprio queixo liso. Então, apontou para a barba de Alex.

— *España* — ele disse. — *España*.

— Não, Espanha não — Alex respondeu. — América. E pinicando.

Os dois guerreiros apontaram as espadas com bordas de pedra para ele.

— *España* — o Ombro de Caveira falou de novo.

Alex balançou a cabeça e levantou as mãos.

— Acho que é agora que deveríamos fingir ser deuses e prever um eclipse ou algo assim, para sermos convincentes — Rhonda disse. — Pelo menos, era assim que sempre funcionava com aqueles exploradores brancos desengonçados nas histórias.

— Dá licença? — Alex sibilou para ela. — Tô tentando pensar aqui.

— Pensar? — Rhonda riu e os dois guerreiros pareceram surpresos. O lábio superior do homem-onça tremeu sobre as presas. — Pensar em quê? Mate ou nocauteie esses caras, ou saia voando daqui. — Ela olhou para cima. — Ainda tá pegando fogo lá em cima, então sobram as opções um e dois. As quais eu prefiro, obviamente, porque dá tempo para pegarmos alguns tesouros.

— Cala a boca. Isso é sério — Alex rosnou.

Os guerreiros estavam começando a flanqueá-los, tensos, com as espadas de ponta de pedra levantadas e prontas. A cauda do homem-onça girou, seu traseiro subiu, e a cabeça e ombros estavam baixos. Ele poderia dar o bote a qualquer momento. Com a mão direita, Alex puxou todas as correntes dos relógios e os tirou dos bolsos.

— *¿Cómo entró?* — Outro homem entrou. Mais velho. Mais baixo. Nem de longe tão alto quanto os outros, com pele clara e sardenta, e um bigode desgrenhado marrom e cinza. Suas mãos não tinham nada, mas estavam ensanguentadas. Ele estava usando uma camisa e um colete do Velho Oeste, ambos desabotoados e abertos. Seu peito nu e a barriga caída eram um labirinto de tatuagens de serpentes em ângulos retos e, assim como Alex, ele estava com um coldre duplo e botas altas. Cabelo loiro pálido sobrava sob o chapéu surrado da cavalaria americana. A faixa do chapéu havia sido coberta dos dois lados com penas vividamente vermelhas e perfeitamente eretas.

— Você demorou bastante — o homem disse. — Acabou de chegar?

— Oi? — Alex continuou de olho no homem-onça e nos guerreiros, pronto para fazer os relógios flutuarem e desacelerar o tempo para uma luta.

Rhonda apontou para o teto e falou:

— Entramos por ali.

O homem se inclinou para a frente, surpreso.

— Eu achei que Terremoto fosse um nome espanhol. Você é inglês?

— Norte-americano — Alex respondeu.

O homem riu e fez um sinal com a mão para os guerreiros se afastarem. Então, ele tocou na cauda da onça com o pé. Quando ele falou, sua voz lembrou a Alex um velho caçador cuspindo no chão e falando com o pai dele na frente de um posto de combustível, perto de casa.

— Calma, bichano. Nós temos um caubói americano aqui e uma linda chinesinha.

— Coreana-americana — Rhonda corrigiu. — E qual é? Você é norte-americano também?

O homem sorriu. Ele não tinha um dos dentes da frente.

— Eu era e sou. Mas gosto desta América só um pouquinho mais do que a primeira. Já fui um soldado da União e um matador de índios. Eu fui feito para sangue e guerra, não para xícaras de chá e boas maneiras; e, para sangue, guerra, riquezas e mulheres, não existe um tempo melhor do que este aqui.

— Qual é seu nome? — Alex perguntou.

— Em outra era, me chamavam de Kit Carson, mas sou Cacamatzin há um ano agora — ele respondeu. — General mercenário. Homem de fortunas. Pirata da terra. Me chame como quiser. Eu vou aonde me mandam e faço o que me ordenam, quando me pagam. Por ora, aquela Sra. Devil é minha rainha.

— Atira nele, Alex — Rhonda pediu. Ela cruzou os braços. — Kit Carson era um completo canalha. Um dos piores.

O homem riu e se balançou.

— Ah, mas agora eu sou um diabo ainda pior. Um dos pagãos mais pagãos de todos. — Ele mostrou as mãos ensanguentadas. — Outro dia eu posso mostrar o lugar pra vocês e perguntar pelas notícias e memórias dos territórios. Mas não esta noite. Hoje, tenho guerreiros pra atiçar, uma nova deusa pra apresentar, um imperador pra matar e espanhóis pra dilacerar. E também tenho que conter vocês dois.

Kit Cacamatzin Carson falou com os guerreiros em outra língua e os braços de Alex ficaram presos ao lado do corpo antes que ele conseguisse se mover. Uma mão enorme segurou seus pulsos atrás das costas e os relógios caíram, pendurados logo acima do chão.

— Alex! Desacelera tudo! — Rhonda falou.

Alex tentou se libertar, mas uma pesada espada bateu no seu ombro e a fria borda de pedra ferroou-lhe o pescoço. Kit desapareceu pela parede de novo. O homem-onça ficou sobre as patas de trás e foi em direção a Alex. Seus olhos eram selvagens, o rosto humano era tatuado e as presas eram monstruosas. Com narinas tremendo e bufando, ele fungou na cara de Alex e então se virou para Rhonda. O guerreiro atrás de Alex girou os pulsos e os braços dele para cima, jogando-o para fora do salão e para a abertura obscura na parede. Rhonda gritou quando foi jogada depois dele.

As paredes da passagem estreita rasparam nos ombros de Alex e então ele foi atirado numa câmara silenciosa, mas cheia de gente e iluminada por tochas. Homens e mulheres jovens, meninos e meninas, estavam contra as paredes, praticamente imóveis sob os olhares de alguns guardas atentos. De pele e cabelos escuros, todos eles estavam amarrados pelos pulsos e tornozelos, e pintados de tinta azul. O homem-onça ficou de quatro e passou rosnando na frente das pessoas azuladas e amarradas. Alex viu crianças virando o rosto, mas ele já estava sendo levado para outro lugar, empurrado por um corredor mais largo, coberto com tochas presas a colunas quadradas e entalhadas.

O ar pegajoso de fora se misturou com fumaça nas narinas dele e uma brisa levou até ele o som de milhares de vozes distantes, como ondas na praia. O som aumentou e Alex emergiu do corredor, ficando sobre uma alta plataforma de pedra sob uma lua cheia brilhante.

Era difícil compreender a cena. A plataforma era larga, no mínimo o comprimento de um campo de futebol, sendo a coroa de uma pirâmide gigantesca, e tinha templos lado a lado, de um dos quais Alex saiu. Um círculo de soldados espanhóis em armadura completa guardava o outro templo, muitos deles com longas lanças, os outros com espadas sacadas, preparados para um ataque.

— Alex! Conquistadores! — Rhonda falou atrás dele.

— Sim! — Kit Cacamatzin respondeu. Ele estava caminhando diretamente do templo para a borda da plataforma.

— Espanhóis tolos. Eu ainda vou acabar com eles. Por que deveriam ficar com toda a pilhagem? Venham!

Alex resistiu e chutou o guerreiro atrás dele, tentando soltar os pulsos, mas o homem o chutou atrás do joelho direito, derrubando-o e apertando o rosto dele contra o piso de pedra, e depois apertando o joelho e o punho sobre as costas de Alex.

Kit gritou e a pressão sumiu. O homem soltou os pulsos dele e se afastou. Alex cuspiu sangue e se levantou. Ele poderia ser mais alto e mais largo, mas não tinha tanta experiência lutando quanto tinha com as história de batalhas de orcs dos livros, em sua casa. O guerreiro não tinha sequer usado a arma dele… nem as duas mãos.

Botas desgastadas apareceram na frente do rosto de Alex, e então Kit Carson se agachou, inclinando a cabeça emplumada para dentro do campo visual de Alex, sorrindo.

— Você não é grande coisa, né? Não surpreende você ser só uma minhoca no anzol da Devil. A maior parte dos que atravessam a escuridão sem tempo e entram naquele templo têm mais… — Ele esfregou as pontas dos dedos ensanguentados contra o polegar, procurando uma expressão. — … sal no sangue. Eu imaginei que você seria um durão, um homem mau para as histórias de pescador, um foragido para os livrinhos baratos. Mas não.

Alex se ajoelhou e então se levantou. O homem chamado Kit se levantou com ele, observando-o ceticamente.

— Eu poderia usar um homem mau da fronteira esta noite — Kit falou. Ele apontou para os guardas espanhóis que separavam os dois templos. — Um homem que pudesse tirar cem vidas e ainda dormiria bem e acordaria com fome. Mas ela me mandou você.

Alex juntou as correntes dos relógios com a mão direita.

— Por que você tá aqui? — Kit perguntou. — Ouro? Fama?

Alex pensou sobre isso. Ele queria aventura, quando não fazia ideia do que essa palavra significava. Sua imaginação, pelo menos, amava a ideia de fazer coisas difíceis, de se sacrificar, de enfrentar destemidamente males enormes, assim como seus heróis fictícios. Porém, quando Devil colocou as rédeas de correntes nele, o desejo de ser um herói sumiu. Tudo que ele fez foi tentar sobreviver. Não queria salvar pessoas. Qual era o objetivo daquilo? Seu coração pulou e ele sentiu o sangue esquentando. As veias em suas têmporas pulsaram. Ele queria… o que ele quisesse, quando quisesse. Liberdade? Poder? Tinha diferença?

— Por uma vida. Por aventura — Alex fungou e passou o dedo por uma narina sangrando. — Por poder, eu acho.

Kit assentiu.

— Então, hoje é sua noite. — Segurando-o pela manga de búfalo, ele o puxou para longe de Rhonda e dos guerreiros, em direção à borda da plataforma. — Bem-vindo a Tenochtitlán em 1520. Estamos em cima da maior pirâmide. Ela usa esses dois templos como se fossem duas cabeças. Os espanhóis tomaram conta de um deles, juntamente com o imperador. Nós tomamos o outro. Um certo impasse. E um que eu não planejo perder.

Perto da borda, dois enormes caldeirões de chamas estavam nas costas de gigantescos sapos de pedra. Entre eles, havia uma pequena coluna, da altura da cintura, esculpida como um homem agachado, que estava brilhando com o que parecia ser óleo. Enquanto caminhava em direção a ela, Alex pôde ver que não era óleo. Era sangue.

Kit guiou Alex ao redor da coluna ensanguentada e parou na borda da plataforma. Dezenas de metros descendo as mais largas e íngremes escadas que Alex já tinha visto, uma multidão de milhares, juntos como um enxame de formigas bravas. Guerreiros com armaduras emplumadas e tambores. Guerreiros com longas lanças e enormes espadas com pontas de pedra. Mulheres com tochas. Espanhóis estavam lá embaixo também, um círculo de infantaria usando armadura e guardando centenas de cavalos de guerra, dúzias de carroças e a escadaria íngreme do templo deles. A multidão estava completamente focada nos soldados, chiando, caminhando, apontando, cantando. Mulheres com vestidos coloridos e máscaras aterrorizantes dançavam até pertinho dos soldados, mostrando facas de pedra, provocando, amaldiçoando, até mesmo se cortando e jogando o sangue nos invasores.

Kit deu um tapinha no ombro de Alex.

— É assim que vai ser, cauboi: você e suas armas vão me ajudar a lidar com os espanhóis hoje... ou eu posso arrancar seu coração e chutar sua carcaça para a multidão escada abaixo. Acho que a chefona não vai ligar muito para qualquer das opções. Isso é aventura suficiente para você?

Alex não respondeu. Seus olhos estavam analisando a multidão lá embaixo. Os espanhóis não tinham chance. Como teriam? Eles eram apenas centenas, cercados por dezenas de milhares. Ele viu alguns rifles desajeitados, meio que mosquetes, mas a maior parte seria lâmina contra lâmina. No verão passado, no pequeno quintal, Alex vira vespas sendo desmembradas por formigas em cima de um formigueiro. Ele imaginava que esse resultado não seria muito diferente.

— Os espanhóis já eram — ele disse. — O que é que eles estão fazendo?

— Você não conhece a história? A maioria daqueles rapazes morre e tchau, tchau. Eles perdem a batalha, mas não a guerra, porque Cortés escapa. Ele volta depois e faz o que piratas sempre fazem: busca fama e fortunas. Contudo, desta vez, estamos controlando a situação inteira, tomando controle de uma religião e de dois impérios de uma só vez. Os espanhóis só ficaram vivos por tanto tempo por terem sequestrado o imperador no outro templo ali. Mas ele não vai acordar amanhã. Nem Cortés e a gangue dele. Não desta vez.

Kit olhou para o templo atrás dele e então tirou uma lâmina de pedra do cinto, levantando alto as duas mãos.

— Cacamatzin! — ele gritou. Cabeças lá embaixo se viraram para o caubói louco e ele gritou de novo, desta vez uma sequência de sílabas que Alex não entendia, seguida por duas que ele compreendia: — DE-VIL!

Milhares de mãos se ergueram em resposta e o grito foi respondido em uníssono. Os espanhóis quase pareceram relaxar quando os dançarinos e guerreiros se afastaram.

— Hora de saldar a dívida — Kit falou.

E então os tambores começaram a tocar.

Alex se apoiou com uma mão no grande sapo de fogo e se inclinou para a frente, tentando compreender completamente a inclinação das escadas e a vastidão da estrutura que essas pessoas tinham construído.

Atrás de si, ouviu choros.

Dois guerreiros estavam carregando um garoto jovem e em prantos para a pequena coluna, enquanto o homem-onça dançava e pulava ao redor deles, balançando a cauda e farejando a pedra ensanguentada.

Kit urrou, levantando sua faca no ar. Sua camisa e o colete flamularam com a brisa morna e pegajosa.

Tambores retumbantes como trovões responderam. Os guerreiros colocaram o garoto sobre as costas em cima da coluna, segurando os tornozelos e pulsos com firmeza. O corpo pintado de azul tremia e se contorcia, e seus olhos giravam de terror. Catarro e lágrimas brilhavam sobre seu rosto.

Kit se posicionou perto da cabeça do garoto e levantou a faca.

Alex sentiu o próprio coração parar, com a garganta travando de medo.

— Espera! Não! — Alex gritou. — O que você tá fazendo?!

Kit Carson olhou para os olhos de Alex e sorriu.

— Você nunca foi à igreja? Ou a uma peça? Se chama teatro. Eu vou precisar daquela multidão ali embaixo. Eu o sacrifico para Devil, pra eles saberem que ela é pra valer quando Cortés e os espanhóis forem dizimados. Ela vai ser a nova deusa deles antes de o sol nascer.

— Não! — Alex balançou a cabeça e foi até o altar, segurando um braço trêmulo acima do garoto e agarrando as correntes dos relógios com a outra mão. — Sinto muito, não posso deixar. Não ligo se você lutar contra os espanhóis. Eles estão roubando, eu acho, mas você não pode simplesmente assassinar pessoas.

— Assassinar? — Kit sorriu medonhamente. — Pessoas? Ele é só outro tipo de índio. São todos índios. É difícil conversar com índios idiotas. Eu tenho mais em comum com esses espanhóis de armadura imundos e odeio todos eles. Eu arrancaria as tripas deles com a mesma alegria e diria que é uma caridade de Deus.

Os tambores lá embaixo aceleraram e a multidão vibrava ansiosamente.

Terremoto, deixe-o. Será interessante. Você sabe que quer isso. Eu consigo sentir em você.

— Não — Alex disse. — Isso é do mal. Você é do mal. Você provavelmente foi do mal a vida toda, mas não posso deixá-lo simplesmente matar uma criança. Você não pode.

— Não posso? — Kit rosnou. — Ah, posso, *sim*. E vou matar sua chinesinha depois. E depois vou comer esse seu coração mole e ridículo.

A faca de pedra mergulhou para baixo. Alex puxou os relógios para cima.

As chamas nos sapos ficaram tão paradas quanto vidro quente. Um único toque de tambor se estendeu num longo e fraco estrondo de trovão. A ponta da faca estava apenas a centímetros do peito do garoto e ainda descendo, mas Alex tinha tempo. Puxando o casaco para trás, ele sacou a arma.

— Idiota, idiota, idiota — ele disse e olhou para a forma bizarra de Kit Carson, matador de indígenas do Velho Oeste, que tinha virado um mercenário sanguinário e pirata do tempo. O lábio superior do homem estava curvado num rosnado, deixando à vista seus dentes nojentos manchados de tabaco, pelo menos os que ele ainda tinha na boca.

Alex se inclinou para a frente, pressionando o cano do revólver contra o peito nu de Kit. Calor borbulhava dentro dele. Raiva. E, lá no fundo dele, uma estranha alegria perversa. Ele estava prestes a matar.

Mate.

Isso o fez pensar em Pati, a cobra, no livro sobre o pai dele. Se Samuca conseguia resistir aos impulsos malvados de cascavéis, Alex não conseguiria? Mas Devil não estava nos braços dele... ela tinha correntes em seu coração. Ela estava fervilhando nas suas veias. Alex não se importava mais tanto com a criança; ele só queria fazer pedacinhos desse homem e queria que ele soubesse o que estava acontecendo. Queria que a morte fosse lenta. Com o polegar, ele puxou o cão brilhante do revólver e a animação tremeu em suas têmporas.

A ponta da faca de pedra de Kit estava quase alcançando a pele do garoto no altar.

Porém havia outra voz em Alex. O cara era claramente malvado. Mas poderia simplesmente atirar no outro à queima-roupa enquanto estava congelado? Isso não faria dele o vilão que Devil queria?

Quem se importa? Quem vai saber?

— Eu me importo. Eu vou saber — Alex respondeu.

Abaixando a arma, ele usou o cano para empurrar a faca para longe do peito do garoto.

Os olhos de Kit pularam rapidamente para se encontrar com os de Alex, e Alex pulou de surpresa.

— Covarde — uma voz falou atrás dele e Alex se virou. A enorme onça estava caminhando em sua direção, sem nenhum rastro do homem de antes. Exceto pela voz. — Você acha que nunca vimos um saco de carne humana mexendo com o tempo antes? Como você acha que chegamos aqui? Eu vaguei por séculos e passei meses dentro de momentos. Seus truques com relógio não vão funcionar com a gente.

Alex apontou o revólver para o grande felino. O ar ainda vibrava com os tambores esticados.

— Para trás. Eu não vou me importar em atirar em você.

— O cheiro da escuridão além do tempo está impregnado em você. Eu vou sentir o gosto no seu sangue — o felino rugiu.

De trás, um punho colidiu com a orelha de Alex e uma dor lancinante cruzou seu escalpo. Enquanto ele cambaleava para o lado, a onça rugiu e pulou pelo ar, com as garras estendidas.

A arma disparou na mão de Alex e ele atingiu o chão com força, os relógios caindo ao redor. O tempo acelerou. Tambores, gritos, o garoto gritando, o eco persistente do disparo. E então garras nos seus braços e uma mandíbula fechando-se no seu pescoço.

Alex conseguiu colocar o antebraço na boca do animal. Engatilhando a arma no coldre, atirou na barriga dele uma vez. Duas. O felino ficou flácido. E então não era mais um felino. Era um homem.

— Alex, cuidado! — Rhonda gritou.

Uma enorme espada com pontas de pedra estava descendo para a cabeça dele. Empurrando o homem morto como um escudo, ele rolou para o lado e ouviu o *croc* pesado e úmido do golpe no defunto enquanto ele se erguia, com a arma levantada, procurando alvos.

Kit falou algo e os guerreiros deram um passo para trás, ainda com as enormes armas levantadas.

— Para trás — Alex ordenou. — Ou eu te mato.

— Você teve uma chance. Não vou te dar outra. — Kit retorquiu. Caminhando para a frente, ele se inclinou e pegou algo do chão ao lado do corpo do homem-onça.

A arma de Alex. Ele colocou a mão no coldre esquerdo. Vazio.

— Deixou cair — Kit falou, puxando o cão. — As únicas coisas pelas quais sinto falta de casa: o cheiro de pólvora e matar à distância.

Uma voz única rugiu e a multidão ficou subitamente em silêncio. Na frente do outro templo no topo da pirâmide, cercado por soldados espanhóis, um homem enorme todo vestido de ouro e penas levantou as mãos para falar. Ele estava rodeado pelos próprios guerreiros e acompanhado por um único espanhol, quase tão alto quanto ele, com armadura completa e com uma barba escura brotando sob o elmo de conquistador.

O homem emplumado começou a falar. Rindo, Kit olhou para Alex e disse:

— Dois pássaros, uma arma. Tudo se resolve. Pronto para o rodeio?

— O que tá rolando? Do que você tá falando?

— Cortés ali está tentando controlar o povo com Montezuma, para ele poder voltar a pilhar em paz. Se Cortés continuar vivo, esse império todo cai, e Devil não terá utilidade para mim. Mas, se os dois morrerem…

Sem hesitar, Kit levantou o revólver com as duas mãos e atirou. O rei emplumado cambaleou, escorregou e caiu para as escadas. O corpo dele tombou e rolou por dezenas de metros, deixando um rastro de penas e ouro.

Por um breve momento, a queda dele era o único som. A multidão lá embaixo ficou silenciosa com o choque. Os espanhóis estavam atordoados.

E então, assim que o silêncio estava abrindo caminho para a fúria, Kit Carson atirou de novo. Duas vezes.

Com duas perfurações metálicas pela armadura, Hernán Cortés, que já fora conquistador dos astecas, não era mais. Olhando para os buracos na armadura do peito, o grande espanhol caiu de joelhos, pendeu e então tombou de cabeça, com ruídos metálicos abafados logo atrás do imperador, descendo para o mar de fúria humana lá embaixo.

O círculo de conquistadores de armadura estava sendo pressionado para dentro. Homens e cavalos gritavam. Aço brilhou e soltou faíscas contra lâminas com pontas de pedra quando a batalha começou.

— Saúdem Cacamatzin! Saúdem Devil! — Kit Carson mandou. — Agora, todos os espanhóis morrerão, e este império e todo o seu ouro e poder passarão para nós. — Ele apontou a arma para a cabeça de Alex. — E você não deveria ter matado meu gato.

Alex mergulhou para o chão, catando os relógios. Kit riu enquanto Alex tentava jogar os seis objetos para o ar. Três flutuaram. Depois, mais três.

Tudo desacelerou para Alex. A batalha, as luzes do fogo, o som. Mas não todos. Kit ainda estava sorrindo, ainda se movendo em velocidade normal.

— Você é novo nisso. Que pena — Kit falou. Sua mão livre estava segurando um grande amuleto de jade no colar. Ele engatilhou a arma com o polegar. — Eu te falei que não aconteceria de novo. Você achou que eu não ia torcer o tempo? Você sabe que a Devil me mandou para cá. Você não é o único homem a barganhar com diabos. Olha para mim. Eu nasci daqui a séculos. Não tenho força nenhuma e agora esse império vai ser meu. Não é por causa de…

Alex balançou para trás e atirou nele. Uma bala no ombro. O impacto o fez cambalear, mas ele manteve a arma apontada para Alex… puxando o gatilho quando sua mão escorregou do amuleto temporal de jade.

A cabeça de Alex girou. A lateral do seu pescoço contraiu. Ele levou um tiro.

Um tiro.

No pescoço.

Alex piscou, tentando manter o foco. Isso era real? Era para isso acontecer? Ele iria acordar ou algo assim. Os relógios iriam desfazer o que a bala fizera. A Sra. Devil iria aparecer e rir dele, mas ele estaria vivo.

Certo?

Errado.

Kit ainda estava em pé, mas uma estátua lenta agora, olhando para Alex, tentando mirar com a arma e pegar o amuleto com a velocidade de uma preguiça. Mas importava?

Alex levou uma mão para o pescoço, com medo de tocar no ferimento, porém com mais medo de não tocar. Seu pescoço estava quente e liso. O ferimento estava atrás da barba, logo abaixo do queixo, à direita do pomo de Adão. A pele ao redor do buraco molhado não parecia ser a sua.

O mundo estava embaçando. O primeiro dos relógios de Alex caiu no chão. E então mais três. Tudo explodiu de volta à velocidade normal. E um Kit Cacamatzin Carson se aproximou dele para terminar o serviço.

Uma coruja cinza enorme brotou da escuridão, afundando as garras no braço esticado de Kit, levando o homem ao chão. Uma segunda coruja, menor, veio a seguir, arrancando o colar e o amuleto e rasgando o peito nu dele.

Alex caiu de costas e sua cabeça quicou na pedra. O casaco de búfalo parecia muito, muito quentinho. Pela primeira vez, ele se perguntou sobre o búfalo que o tinha usado antes dele. Por onde esse búfalo tinha andado? Era isso que eles faziam, né? Andavam? Eles gostam de andar?

Foi mal, búfalo, por morrer no seu casaco, Alex pensou. Mas acho que você também morreu.

Rhonda apareceu no campo visual, ao lado de Alex. Ela estava se ajoelhando, segurando uma daquelas espadas de madeira gigantes sobre o ombro, e estava coberta de sangue.

— Não! Alex, respira! — ela pediu. — Abre os olhos!

Eles estão abertos, Alex pensou. Não estão?

Mas não estavam.

12

Encontro terrível

ABAIXO DA PIRÂMIDE COM AS CABEÇAS dos templos gêmeos, de mãos dadas no lado oposto da praça, Samuca e Glória mais velhos atravessaram o ar quente noturno, ainda mais quente por causa da multidão suada e escorregadia. Lá no fundo, os homens e mulheres eram os pobres e escravizados. Além das tochas, as armas deles eram espetos de madeira dura, enxadas e forcados afiados; ferramentas de plantio e colheita. Suas roupas eram simples e sem tintura, os rostos não haviam sido pintados e os cabelos não tinham penas. Seguindo em frente, eles atraíram alguns olhares, mas nada mais. A atenção da multidão estava firmemente focada nos dois templos que coroavam a enorme pirâmide de degraus na outra ponta da praça.

Um lado da pirâmide estava cercado por um pequeno exército de homens com armaduras europeias. À distância, isso era tudo que Samuca conseguia dizer. Mas ele sabia que eles eram espanhóis e sabia que o infame Hernán Cortés estava lá em cima, em algum lugar. O que não sabia era onde o filho dele poderia aparecer, ou que tipo de emboscada Devil poderia ou não ter armado. Como seria a aparência do seu filho? Para eles, ainda era uma criancinha. Mas eles deveriam estar procurando por um adolescente. Com relógios acorrentados ao coração.

Da parte da frente da multidão, tambores começaram a tocar. Um caubói estranho e branco com penas vermelhas no chapéu reapareceu em uma das metades da pirâmide, acompanhado por dois guerreiros e outra vítima sacrificial pintada de azul. Era o sexto desde que Samuca e Glória tinham chegado do outro lado do canal, perto de uma pequena torre que usava caveiras humanas encaixadas como tijolos e unidas com argamassa. Mas eles estavam no campo de visão do massacre elevado desde o início.

— Isso me enoja — Glória falou atrás dele. — Eu poderia ter vivido minha vida toda sem ver isso. Queria que a gente pudesse mudar tudo.

Samuca não respondeu. Ele não discordava, mas querer e fazer eram duas coisas diferentes. Ainda que eles fossem capazes de mudar tudo sobre aquela noite, ele e Glória haviam cometido erros suficientes juntos para saberem que alguns dos atos mais sombrios da história acidentalmente davam vitória à bondade. E, quando ele aleatoriamente exercia uma justiça preventiva a vilões antes de a vilania deles ocorrer, tentando transformar cada momento do passado em um paraíso, poderia acidentalmente virar a balança para o lado errado. A retribuição era para o fim dos tempos, e a justiça final estava muito além de sua sabedoria e autoridade. Ele e Glória haviam aprendido a tocar no passado com uma mão hábil e cautelosa, mas, ainda assim, ele sabia que, se estivesse no alcance agora, com certeza colocaria uma bala naquele assassino de pele clara na pirâmide antes que ele pudesse destripar outra criança. Ainda que a próxima criança acabasse virando um monstro humano ainda pior...

Conforme Samuca abria caminho, via a expectativa nos rostos ao seu redor e olhava para baixo. Ele não precisava ver o ritual de novo. Aquilo já tinha deixado marcas profundas nele. O coração seria removido e queimado em uma das bacias de fogo dos sapos. O pequeno corpo azulado seria jogado pelas escadas de dezenas de metros para a ávida multidão que se juntava na base, onde as pessoas na fileira da frente iam continuar a sanguinolência.

O caubói matador gritou. A multidão murmurou em resposta, os tambores aceleraram e Samuca sabia o que estava feito. Outra alma perdida. Ele olhou para cima de novo quando os guerreiros jogaram o corpo escada abaixo. O homenzinho desprezível sumiu de vista, mas, se continuasse nesse ritmo, não demoraria até ele voltar com a próxima vítima.

Samuca encontrou um espaço na multidão e parou. Glória se encaixou ao seu lado.

Eles haviam chegado ao início de um grupo mais rico: guerreiros sem camisa, pintados e com penas. Tatuagens, mas sem máscaras intrincadas com joias, e com muito pouco ouro.

— Para que essa matança? — Samuca perguntou.

— Talvez estejam tentando inspirar os deuses deles a darem vitória sobre os espanhóis — Glória respondeu. — Historicamente, *La Noche Triste* foi uma bagunça. Tenho certeza de que foi por isso que Devil a escolheu. Cortés vai matar Montezuma e este lugar vai perder as estribeiras. Não queremos estar aqui embaixo quando isso acontecer. A maioria desses conquistadores vai morrer.

Sem nenhum espetáculo sacerdotal acontecendo lá em cima, os homens ao redor deles se viraram para o som estranho da voz de Glória. Vários deles. Todos com olhares suspeitos.

Samuca sorriu para eles, puxou as mangas e deixou Pinta e Pati se retorcerem. Com sorte, os braços de cobra o classificariam como não espanhol.

Olhos se arregalaram.

— Espero que você esteja com sua foice pronta — Samuca falou. — Ainda falta um bom pedaço para chegarmos lá em cima.

— Você tem certeza de que Alex não vai ser um dos sacrifícios? — Glória perguntou. — Eu não consigo imaginar uma isca melhor para nos atrair, se esse for o objetivo dela.

Um homem grande abriu caminho diretamente diante de Samuca. Ele era quase alto o bastante para olhar nos olhos de Samuca, mas só quase. Samuca não precisava conhecer o idioma para saber que o rosnado dele era um desafio. Ele levantou as duas mãos e deixou Pati e Pinta olharem para os olhos do guerreiro. E então elas chocalharam. Os dois ombros. Cascavéis conseguiam comunicar um alerta em qualquer língua.

— Eu não acho que ela queira Alex morto — Samuca falou. Ele estava segurando Pati. Ela queria atacar o rosto do homem. — Ela poderia já tê-lo matado. Acho que ela quer que ele fique mau.

Impressionado, o guerreiro caiu de joelhos e falou:

— Quetzalcoatl! — Sacando uma faca, ele cortou o próprio peito e segurou a lâmina ensanguentada em direção às mãos de Samuca. — Quetzalcoatl!

— Para! — Samuca bateu na faca. — Não!

Outros começaram a também derrubar suas facas, mas aí os tambores se reiniciaram.

— Samuca! — Glória segurou-lhe o braço direito. — Olha!

O caubói com penas vermelhas reapareceu no topo da pirâmide, mas desta vez, ao lado dele, estava um homem mais alto, que Samuca e Glória já tinham visto antes. Um homem com cabelo escuro e uma barba preta pontuda, vestido como um apostador rico do Velho Oeste, com um coldre duplo abaixo de um longo casaco de búfalo.

— El Abutre — Samuca falou e seu coração palpitou como se ele tivesse treze anos de novo. — Ela o trouxe de volta.

— Não. Samuca… ele tá diferente — Glória respondeu. — Ele é nosso. Samuca, é o Alex. Tem que ser. Ele é o herdeiro de Abutre.

Enquanto olhavam, lá no alto, guerreiros seguraram outra vítima no alta, e o caubói assumiu sua posição.

— DE-VIL! — o caubói gritou e a multidão abaixo ecoou o nome em resposta.

Samuca e Glória abriram caminho aos trancos, empurrando e serpenteando por entre a multidão apertada.

O coração de Glória gelou. Apesar do calor, apesar dos corpos ao redor dela, o calafrio triste se espalhou a partir do seu coração. Ela sabia que estava procurando pelo filho, que encontrá-lo seria desagradável, mas não estava preparada para ver o bebê dela em pé ao lado de tamanho mal, vestido como o comedor de carniça que tinha caçado o pai dele. Ela havia fracassado com o filho. De alguma forma, ele havia sido tomado, e agora estava adulto e firmemente enraizado na condenação. Se Devil queria machucá-la, uma lâmina congelada no peito teria ferido menos.

— Alex! Alex! — Samuca gritou na frente dela, mas eles ainda estavam a centenas de metros e entre uma multidão com tambores. E então o coração dela pulou. O calor voltou. Abutre, não, *o filho dela* pulou para o menino no altar e colocou o braço sobre ele.

Na frente dela, Samuca riu alto e acelerou. Eles haviam cometido um erro. Estavam preocupados com uma emboscada, porém haviam começado tarde demais. Mas o filho dela não era mau. Não completamente. Ainda não. Nem mesmo com as roupas do El Abutre, nem mesmo enfrentando um assassino louco na frente de milhares que ele jamais poderia esperar derrotar. Alex parou o sacrifício, e alegria e orgulho superaram a tristeza de Glória.

Enquanto Samuca e Glória se aproximavam do pé da pirâmide, Alex e o caubói desapareceram de vista.

Mas Glória ouviu os tiros, e ela e Samuca começaram a subir.

Rhonda se inclinou sobre o corpo de Alex e girou a pesada espada para as pernas dos dois guerreiros. Eles pularam para trás e então olharam para Kit, onde ele estava rolando ao lado do altar, lutando contra duas corujas barulhentas. Os sons de batalha eram ensurdecedores; pedra contra aço, mosquetes atirando, milhares de vozes rugindo, os gritos de morte e dor.

— Para trás! — Rhonda gritou. — Vão lutar contra os espanhóis! Cortés morreu! Vocês vão derrotá-los.

Mas os homens se concentraram em Alex, com os olhos dançando sobre as correntes de relógio, o casaco de búfalo e a arma.

— Ah! — Rhonda finalmente entendeu o que eles queriam. Soltando a espada, ela tirou a arma de Alex e a levantou.

— Eu nunca atirei nem com chumbinho antes, mas vou começar agora se vocês dois não se afastarem!

Os homens se aproximaram lentamente e então os olhos deles se arregalaram de surpresa. Mas não estavam olhando para Rhonda ou para o cano da arma que ela balançava. Segurando as espadas, eles se afastaram.

Rhonda se virou, olhando para o templo atrás de si, o templo de onde ela e Alex saíram. De milhares de quilômetros de distância, através do tempo e do espaço, a Sra. Devil esvaziou de sua torre o exército morto-vivo. Ela o estava derramando sobre esta noite, esta luta, este caos. Homens e mulheres, múmias e feras fluíam por entre as colunas. Todos eles estavam degenerados e decaídos, e todos eram pelo menos parcialmente feitos de água. Esqueletos armados e enrolados em carne líquida clara, carcaças de leão rugindo com cabeças líquidas e com largas asas líquidas. Lobos, serpentes aladas e gigantescos urubus de duas cabeças. E, na frente de todos eles, os dois generais de Devil de preto: o mais novo, com cabelo branco, e o velho careca e largo, ambos com olhos líquidos. Os dois estavam correndo sobre a plataforma, diretamente para as corujas.

Rhonda tentou se esconder, apertando-se contra o corpo de Alex, apertando também uma mão sobre a garganta ferida dele. Ela tinha visto médicos fazerem isso em filmes. Pressione o ferimento. Mas ela não sabia por quê.

As corujas soltaram o corpo de Kit Carson, subiram no ar e então caíram de novo nas formas de homens altos e magros.

Kit estava imóvel, sangrando pela garganta.

— Assim morre uma serpente humana — Manuelito falou. — Embora tarde demais para o meu povo.

Virando-se do homem moribundo, Manuelito e seu filho Baptisto sacaram longas facas com a mão esquerda e armas com a direita. E então começaram a atirar nos invasores líquidos que estavam brotando do templo.

Rhonda queria poder fechar os ouvidos. Ela queria ter sido mais legal com o vizinho. Poderia ter tocado os álbuns do Michael Jackson para ele e ensinado o *moonwalk*. E não só ele. Ela daria qualquer coisa para voltar para seus pais sem graça, ainda que isso significasse cozinhar polvos. Ela não precisava de ouro ou de fama. Mais fôlegos, mais batimentos cardíacos, mais vida seriam suficientes.

— Por favor, não morre — ela sussurrou no ouvido de Alex. — A gente tem que sair daqui. A gente tem que sair daqui agora.

Os olhos de Alex se abriram.

— Relógios — ele arfou. — Casa.

Rhonda olhou para as correntes e relógios espalhados ao seu redor. Eles funcionariam com ela? Ela conseguiria desacelerar as coisas e arrastar Alex pelo exército líquido até o salão do tempo?

Sem chance.

O jovem Samuca deixou a moto em ponto morto ao lado da pirâmide destruída e secou o suor do rosto com as costas do braço esquerdo. Pati tentou se contorcer para se livrar, mas ele não deixou. Ela odiava suor.

Bom, que pena.

Ele estava grato que a viagem da Terra do Nunca até o México, passando pela escuridão entre os tempos, tinha acabado. Tinha sido especialmente fétida e especialmente longa. E a mente dele ainda estava tentando afastar as teias de confusão. Agora, eles estavam no lugar certo. Mas ainda no século errado.

O sol tropical estava alto e muito mais quente do que ele havia se acostumado na costa do Pacífico. Havia passado um bom tempo desde o tempo dele no rancho de adolescentes no deserto do Arizona e seu corpo claramente tinha se esquecido de como lidar com o calor.

Enquanto turistas passavam ao redor da moto com câmeras achatadas em longas hastes que Samuca nunca havia visto, Glória se inclinou ao lado dele e pegou um folheto com uma ilustração da praça antes da conquista espanhola.

— É essa aqui — ela disse, apontando para a foto da maior pirâmide. — Temos que voltar quase quinhentos anos, mas, com o tanto de mortes que aconteceram naquela noite, devo encontrar bem fácil. Na verdade, seria difícil não achar. Mortes deixam valas profundas.

— Isso não parece bom — Samuca falou. — Estamos indo quase no escuro. Deveríamos ter falado com Pedro. Como é que vamos sequer reconhecer o cara?

— O herdeiro de Abutre? — Glória deu de ombros. — Talvez a gente comece procurando pelo cara com relógios acorrentados ao coração. Com sorte, ele ainda não é um deus para eles.

Do outro lado da praça, Samuca fez contato visual com dois policiais da Cidade do México. Depois de um momento, eles começaram a se aproximar.

— Bem, manda ver. Ou vamos sair daqui — Samuca falou.

Glória colocou uma mão no ombro dele e ficou de pé atrás, sobre os apoios da moto.

— Acelera em direção às ruínas. Espero que a gente pare no topo dessa coisa. Parece que era enorme.

— É enorme agora — Samuca respondeu, olhando para os policiais. — Tem certeza?

— Toda — ela replicou, inclinando-se para a frente. — Só não me derruba.

Samuca engatou a marcha e acelerou. Quando ele pulou sobre um caminho para turistas, os policiais gritaram e correram atrás dele. Esquivando-se do caminho, ele tremeu com a moto descendo degraus de pedra, pulou para dentro do fundo curvado do que poderia ter sido ou não o fundo de um aqueduto, e voou para o outro lado. O carrinho de carona quase se desencaixou, a moto fez uma curva fechada, mas Samuca conseguiu controlá-la enquanto se aproximavam de uma escadaria incrivelmente íngreme, mas curta e em ruínas.

— Acelera o mais perto que você conseguir do meio dessa coisa! — Glória gritou.

Samuca ficou em pé sobre os apoios da moto, mas as escadas eram íngremes demais. O peito dele bateu no guidão quando a moto empinou e Glória bateu nas costas dele. Mas os dois ainda estavam sobre o veículo. Quando ele acelerou completamente, ambos tremeram e pularam subindo as escadas, e então voaram para o ar acima das ruínas.

A moto girou de lado e Samuca olhou para baixo. Eles estavam flutuando acima de um buraco enorme, pontilhado com tendas arqueológicas.

Enquanto caíam, alguém gritou.

Pode ter sido Samuca.

Em um instante, Glória bateu o chicote de areia sibilante em forma de foice, formando uma cortina de vidro ao redor deles. Por um momento, Samuca, Glória e a moto estavam imóveis. E então o nada os engoliu.

— Glória… você está…

— Xio! — Glória sussurrou no ouvido dele. — E se segura.

Samuca segurou o guidão com firmeza e apertou os joelhos contra o tanque de combustível. E então a lateral de pedra da pirâmide apareceu abaixo deles e a moto acelerou para cima. O estômago de Samuca desceu para as pernas. Vidro arenoso rachou, luzes de tochas perfuraram a escuridão e o som de tambores afogou o som do motor. O ar abaixo dele foi substituído pela lateral íngreme da muito real e muito intacta pirâmide. A moto aterrissou sobre degraus de pedra. E então começou a se inclinar para trás.

— Pula! — Glória gritou, mas Samuca já estava se esticando sobre o guidão, segurando-se nos degraus íngremes de pedra. Suas pernas bateram contra eles, mas ele conseguiu se segurar.

Virando-se, ele viu a moto capotar, amassar e girar, caindo pela montanha feita por homens. Logo abaixo dele, Glória se virou para olhar também. Dezenas de metros abaixo, uma batalha estava acontecendo. Homens de armadura, a pé e sobre cavalos, tentavam defender carroças carregadas contra milhares de guerreiros com penas brilhantes. Até onde Samuca sabia, os espanhóis não tinham chance. E uma moto não ia ajudar.

A moto e o carrinho giraram mais e mais alto enquanto caíam, e chamas lambiam as laterais do motor. Eles caíram bem no meio das carroças, todas empilhadas e cobertas com tecido. E, quando caíram, tudo explodiu.

Uma bola de fogo subiu ao céu, coberta com fumaça preta. Cavalos relincharam e galoparam para longe, entrando na multidão, com e sem cavaleiros. Os guerreiros rugiram com alegria e as carroças começaram a queimar.

Samuca olhou para Glória e disse:

— Acho que acabamos de escolher um lado. Não é um bom começo.

Ela fez uma careta e respondeu:

— Opa.

Então, mantendo seu peso baixo, ela começou a escalar a pirâmide de quatro.

— Vou sentir saudade daquela moto — Samuca falou quando ela passou por ele.

— Eu vou comprar uma nova para você no Natal. Agora anda logo!

— Mas não vai ser aquela! — Samuca respondeu e a seguiu. Eles provavelmente ainda tinham outros trinta ou quarenta metros até o topo. Apesar do acidente, ele estava feliz por não estarem escalando desde a base. — Nós pegamos aquela no deserto — ele arfou — no Arizona. Do Pedro mais velho.

— Eu lembro! — Glória disse. — Vou conseguir uma mais rápida para você. Mas só se você se apressar!

Glória estava batendo nos degraus ásperos para se equilibrar, mas ela estava usando as pernas para se impulsionar. Não conseguia explicar para Samuca por que eles tinham que se apressar, quantos mortos recentes ela tinha sentido na escuridão entre os tempos, mas estava preocupada que eles estivessem atrasados demais, que o futuro filho deles já tivesse feito as alterações no passado que Devil queria.

As pontas dos dedos dela estavam em carne viva, e as panturrilhas e coxas bombeavam fogo, mas ela não queria perder esse momento. Eles tinham recebido uma dica clara. Quando receberiam outra?

— Glória! — Samuca ofegou atrás dela. — Espera!

Glória não esperou nadinha.

— Confere o relógio, Samuca! — ela gritou sobre o ombro. — Ele ainda tá aqui? Ele sumiu?

Mais doze metros. Ela mexeu as pernas rapidamente e então começou a pular degraus.

— Samuca? — ela perguntou. Quinze metros. Dez.

— Ele tá aqui! — A voz de Samuca estava ainda mais longe, ficando para trás. — O relógio está apontando para cima e para a direita! Tá forte!

Apertando os dentes, Glória colocou mais força. Passos rápidos, passos rápidos, pontas dos dedos raspando a pedra, e então respira, passo grande, passo grande, passo grande, respira. Os pulmões dela parecia que iam explodir, e ela os pressionou ainda mais.

— Glória! — Samuca gritou, mas ela já estava no topo. Ela cambaleou perto da borda e apoiou as palmas sobre os joelhos fracos. Havia sangue no chão entre seus pés. E penas. Diretamente adiante dela, sobre a plataforma larga e lisa, estava o primeiro de dois templos. Mulheres e crianças, com roupas coloridas e muitas joias, olhavam para fora do templo por detrás de grandes guerreiros, todos olhando para ela; guarda-costas prontos para defender a realeza sobrevivente contra quem se aproximasse. E eles já tinham defendido: o chão estava coberto com conquistadores espanhóis mortos, cada corpo de armadura marcado com uma poça escura e pegajosa refletindo a luz das tochas.

À direita de Glória, uma coisa completamente diferente estava acontecendo fora do segundo templo. Ela soube instantaneamente onde deveria estar. Entre dois sapos de pedra sustentando duas bacias de fogo, cinco guerreiros estavam diante de uma torrente de figuras e feras estranhas brotando de dentro do templo. Aparentemente feitos de líquido, bandagens e carne mumificada e frágil, a horda ofensiva estava escalando sobre um campo da própria carnificina espalhada para chegar aos inimigos.

Os cinco guerreiros que estavam contra eles eram todos familiares. Glória viu uma mulher com cabelo branco como o dela e então quatro homens. Dois deles mudavam de forma, pulando no ar como corujas fantasmagóricas para enfrentar urubus enormes, e então aterrissando de novo na forma de homens altos e empunhando espadas astecas emprestadas contra múmias de água. Manuelito? E Tisto? Glória não os via desde que Samuca tinha recebido as cobras, mas ela os reconheceu imediatamente. Alegria se misturou com sua animação.

Com cada golpe letal, o último chefe livre dos navajo e o filho dele espalhavam os corpos dos invasores como pedaços espumosos. A plataforma inteira estava lisa, com água preta e oleosa acumulando-se e transbordando pelas escadas.

Pedro! Do outro lado do campo de batalha, ela viu o jovem Padre Tiempo, arremessando inimigos com areia, espalhando múmias úmidas e monstros pelo tempo. Era aqui onde ele estava. Mas por que ele não tinha contado para eles? Deveria tê-los trazido.

Pedro estava firmemente posicionado sobre dois corpos no chão, jamais se afastando para alcançar um atacante. Claramente protegendo-os. Um homem inconsciente estava deitado no chão, com um pesado casaco de búfalo, e uma garota bonita de cabelo escuro estava sobre ele, chorando e cuidando de algum ferimento escondido.

Relógios flutuavam do peito dele.

O herdeiro de Abutre? Pedro já tinha capturado o homem? Devil estava tentando recuperá-lo? Ela estava olhando para o futuro filho? Ele estava morto?

Adrenalina superou o cansaço e Glória correu em direção à luta, brotando a lâmina de foice preta da mão, pronta para ceifar a colheita monstruosa. Mas quem eram os outros dois? A mulher de cabelo branco partindo os inimigos com uma lâmina preta e o homem alto com uma espada espanhola em cada uma das mãos incrivelmente rápidas?

— Pedro! — Glória gritou. Ela estava ganhando velocidade. Pedro não a ouviu. Ela gritou mais alto. Eles precisavam saber que ela e Samuca estavam chegando pelo flanco esquerdo, senão arriscariam ser atacados por eles. Ela não queria ter que lidar com uma daquelas garras de coruja, por mais que fossem fantasmagóricas. — Pedro! Reforços à esquerda! — ela gritou.

Pedro a viu desta vez, e o rosto dele ficou subitamente branco de medo. Seus braços caíram de choque.

— Glória! Não! — ele gritou de volta e balançou ambas as mãos na direção dela, pronto para lançar areia, para mandá-la para a escuridão ou para outro tempo. Mas por quê? Antes que ele pudesse agir e antes que ela pudesse se perguntar mais, um machado de água acertou o peito de Pedro, jogando-o para trás.

Glória pulou para o combate, partindo ao meio uma múmia com pele líquida e cabeça de crocodilo. E então a mulher mais velha com o cabelo branco se virou e olhou direto para os olhos de Glória.

E, de uma vez, num momento de puro terror, Glória entendeu.

Ela já estava lá, porém mais velha.

Glória olhou para Glória.

Um coração jovem, batendo rápido, se apertou e convulsionou. Gelo o perfurou quase até a morte e a jovem Glória arfou de dor. Mas um coração mais velho, fadigado com a batalha, partido pelo pesar do momento em que ela viu o corpo capturado, corrompido e agora caído do filho, esse coração tremeu, se arrepiou e soltou-se por detrás de costelas desgastadas, largando sua alma.

Glória Aleluia, esposa de Samuca dos Milagres, mãe de Alexandre, caiu no chão. A alma dela partiu. Seus olhos ficaram vazios.

A jovem Glória se viu morrer e o gelo no coração dela subitamente se tornou fogo. Sentiu a alma dar um espasmo e inchar dentro dela, e seu coração trepidou. Um fôlego longo, quente e gelado que ela não tinha respirado subitamente saiu dos seus pulmões.

O homem alto com espadas de aço rugiu de luto e fúria e se virou para encarar a jovem Glória. Os braços dele se enroscaram prontos para atacar.

Samuca dos Milagres. Alto. Largo. Barba malfeita no queixo e cicatriz na bochecha. Pati e Pinta estavam enormes, estralando com músculos nos braços. Tão crescidas. Escamas entortadas e com cicatrizes.

Glória viu os olhos de Samuca se arregalarem de medo. Ela se virou e gritou.

— Samuca, fica aí! — Mas o jovem Samuca já estava cambaleando atrás dela, respirando com dificuldade, olhando para si mesmo, ambos os chocalhos tremendo. Ela jogou os braços ao redor dele e tentou forçá-lo para trás, mas o corpo dele já estava se contorcendo, os olhos estavam rolando para dentro da cabeça. Ele gritou de dor, e o braço direito tremeu com espasmos e se contorceu como um saca-rolhas, e então ficou mole. Ele caiu de joelhos, ofegando.

E então, frio como gelo, ele tremeu nos braços dela. O jovem Samuca abriu os olhos.

Glória olhou sobre o ombro. O Samuca mais velho ainda estava de pé, mas uma lâmina de bronze brotava de seu peito. O irmão dela, o Alexandre de cabelo branco, puxou a espada das costas de Samuca e empurrou o corpo dele para a frente, sobre o chão.

— Não! — Glória gritou. Pulando, ela correu para o irmão que ela uma vez amara, ou para o corpo do irmão, agora usado por alguém que ela não conhecia. A lâmina de vidro em foice estralou mais rápido que o som e um trovão rugiu com a fúria dela. A pedra sob seus pés tremeu. Sua alma estava transbordando com porção dobrada e a raiva era imensurável.

O corpo de Alexandre Navarre, com olhos líquidos, se agachou e rolou. Glória partiu a plataforma de pedra abaixo de si. A foice surgiu do braço dela tão longa quanto uma hélice de moinho, mas parecia tão leve quanto um cinto de couro em suas mãos. O ar rasgou-se em dois ao redor da arma e o trovão a ensurdeceu. O mundo estava silencioso e ela não tinha necessidade de desacelerá-lo. Ela derrubou cinquenta das múmias líquidas com bandagens com o primeiro golpe, setenta com o segundo. Água escura rolava entre seus tornozelos enquanto ela marchava em direção ao templo. Seu irmão se agachou na entrada, mas ela partiu colunas ao redor dele, e as paredes e teto de pedra quebraram como biscoitos. Ele se esquivou da demolição e, num piscar de olhos, ela estava com ele.

— Junte-se a nós, irmã — ele disse. — Nossa mestra poderia te usar.

Ela cortou uma vez. Duas. E a roupa preta de Alexandre se desfez.

Os olhos dele não eram sua única parte líquida. Eles eram janelas para seu coração. Quando Glória golpeou a imagem do irmão, ele derramou-se sobre o chão, nada além de uma poça.

Com um golpe final, ela varreu a plataforma, eliminando inimigos, e então atacou a própria pirâmide.

— Glória! Para! — Pedro arfou. — Você já se matou uma vez. Não faça isso de novo! — Ele estava segurando o ferimento de machado no peito, e seu rosto não tinha sangue.

Caindo de joelhos em uma poça, Glória enterrou o rosto entre as mãos e começou a chorar. Depois de um momento, Samuca se ajoelhou ao lado dela. O braço direito dele estava morto no lugar, flácido e balançando. Mas Pati passou sobre os ombros dela.

— Seu braço. Pinta — Glória falou.

— Pois é — Samuca assentiu. Ele mordeu o lábio. Seus olhos se encheram de lágrimas. — Ele sobreviveu no outro eu. Por enquanto.

Glória olhou para onde o Samuca mais velho tinha caído. Ele estava de bruços sobre uma pilha de inimigos, com Pati esticada e sem vida ao seu lado. Mas Pinta estava se movendo, arrastando a mão direita dele para o rosto de Samuca e mexendo nele, tentando acordá-lo.

O choro de Glória a tomou. Estremeceu-a conforme brotava do coração dela, com angústia dobrada pela alma mais velha que ela havia absorvido. Cada parte sua doía. Cada parte sua queria morrer.

— Sinto muito — ela disse. — Sinto muito, muito mesmo.

Exausta e com visão embaçada, ela caiu sobre o peito de Samuca.

— Sem tempo para sentir muito — Pedro ofegou. Manuelito apareceu ao lado dele e passou o longo braço sobre os ombros do irmão mais novo, mantendo Pedro em pé.

— Muito está se desfazendo — Manuelito disse. — Mas muito ainda pode ser salvo se agirmos com um toque preciso.

Centenas de guerreiros astecas ofegantes, decorados com tatuagens, penas e sangue espanhol, pularam para cima da plataforma atrás deles, erguendo espadas de madeira ensanguentadas.

E, acima de todos eles, com asas de relógios abrindo uma passagem para a escuridão entre os tempos, Alex e Rhonda estavam flutuando para longe.

13

Uma costura no tempo

RHONDA NÃO ERA BURRA. Abaixada, ela sabia que verificar a pulsação de Alex e tentar parar o sangramento enquanto homens-coruja, um padre e dois super-heróis estranhos batalhavam contra um exército de couro apodrecido preenchido com água só funcionaria até certa altura. E isso nem contava os astecas lutando contra os espanhóis lá embaixo. Eles certamente apareceriam mais cedo ou mais tarde.

Rhonda conseguiu fazer três dos relógios de Alex flutuarem. E então quatro. Mas o garoto de cabelo escuro com a bandana vermelha ficava chutando-os para o chão enquanto lançava areia. Ela pensou sobre atirar nas costas dele com a arma de Alex, mas não por muito tempo. As coisas que ele estava derrubando eram bem piores do que o chute ocasional.

Quando duas versões mais novas dos super-heróis apareceram, o garoto-padre ficou distraído o bastante para levar uma machadada líquida no peito e Rhonda viu a chance dela. Segurando as sete correntes, Rhonda as jogou como um laço enrolado por cima do corpo de Alex e os largou. A corrente quebrada e quatro relógios flutuaram. Sem saber exatamente o que fazer, ela rapidamente deu corda nos dois relógios que tinham caído e então os jogou de novo.

Ambos flutuaram. Mas nada mais pareceu acontecer. Deitada sobre pedra molhada e pegajosa ao lado de Alex, ela apoiou a cabeça contra a dele, olhando para o céu noturno, e começou a mexer nos relógios.

Um trovão estremeceu o chão abaixo dela e seus ouvidos começaram a tinir. Água e espuma respingavam contra as costas dela, que mexeu ainda mais rápido nos relógios.

Uma escuridão mais profunda que a noite se abriu acima dela. Os relógios puxaram o corpo inconsciente de Alex e ele começou a se erguer, com braços e pernas flácidos, cabeça pendendo para trás, casaco de búfalo encharcado, pingando e pendendo como uma âncora.

Rhonda ficou de pé com um pulo e passou um braço ao redor do peito de Alex. Com o outro, ela apoiou seu pescoço mole.

Ela ouvia fúria e guerra. Ouvia luto. Mas não olhou. Ela possuía uma função agora e era escapar lenta e silenciosamente. Fechou os olhos e segurou-se firmemente, pressionando o rosto contra o ombro úmido de Alex. Os pés dela se arrastaram sobre o chão, e então ela estava subindo, mas eles estavam lentos demais. Qualquer um poderia atirar neles. Os homens-coruja poderiam agarrá-los.

Quanto mais ela subia flutuando, mais ouvia. Milhares de pés correndo. Milhares de pulmões bombeando ar.

Olhando rapidamente, ela viu pela primeira vez a íngreme escadaria da pirâmide. Um exército estava subindo e eles já tinham chegado ao topo.

Ela e Alex estavam apenas a seis metros de altura. E, considerando quantos olhos selvagens estavam sobre eles, ainda estavam muito à vista e dentro do alcance.

— Qual é! — Rhonda falou. Ela chutou o ar como uma nadadora, mas só conseguiu girar no lugar. E então percebeu o próprio erro. A corrente quebrada estava acima da cabeça de Alex.

Prendendo as pernas ao redor da cintura dele para não cair, ela empurrou a corrente quebrada para a asa esquerda. Segurando um relógio, ela o colocou rapidamente acima da cabeça de Alex, e imediatamente sentiu um puxão de aceleração.

— Espera! — O jovem padre estava gritando abaixo dela, agarrando o próprio peito. — Fiquem! Podemos proteger vocês. Esses são os pais dele!

Uma longa flecha assobiou passando pelo cabelo de Rhonda enquanto subiam. Uma segunda perfurou o casaco de búfalo de Alex.

Samuca viu Manuelito pular em direção aos astecas com Tisto logo atrás dele. Os dois homens se ergueram no ar e abriram as asas de corujas. Segundos depois, essas asas se expandiram, seis, nove metros… porém, quanto mais largas ficavam, mais fantasmagóricas e transparentes se tornavam.

Os astecas pularam para trás de surpresa e as corujas mergulharam acima das cabeças deles. Flechas perfuraram suas asas fantasmagóricas sem efeito algum.

Pedro segurou o braço mole de Samuca e falou:

— Temos que te tirar daqui! Vamos achar outra forma de salvar seu filho.

Glória olhou para cima.

— Filho? — Samuca perguntou. — Do que você tá falando?

— Filho dele também? — Glória bateu nas próprias bochechas e se levantou, olhando para Pedro. — Temos que consertar isso. Temos que endireitar as coisas.

Pedro assentiu, pálido e dolorido.

— Mas não aqui.

O rosto de Glória estava firme como pedra. Concentrando-se nos dois corpos que se elevavam enquanto sumiam na escuridão, ela estendeu o braço direito e girou no lugar como se estivesse arremessando um disco. Em vez disso, ela arremessou uma tempestade. Uma nuvem feito funil de areia preta e vidro derretido surgiu de sua mão, e ela o chicoteou, transformando-o num frenesi.

O topo do tornado dela mergulhou na escuridão. A base, com quase dois metros de largura, flutuava acima da sua cabeça, sugando o cabelo, as roupas e até a carnificina molhada sobre o chão.

Ela apontou para o corpo mais velho dela e de Samuca.

— Não deixem que nossas versões mais velhas venham! — ela gritou para Pedro. — Voltem no tempo e nos impeçam!

As corujas fantasmagóricas gritaram, circundando a nuvem de areia em funil enquanto os guerreiros astecas, testemunhando os deuses na terra, recuavam.

Poças ao redor dos pés de Glória eram sugadas para cima e para dentro da sua tempestade temporal. Membros mumificados, roupas e até armas giravam para dentro do túnel e desapareciam.

Glória segurou Samuca pela camisa e o puxou para perto de si.

— Nosso filho? Tem certeza disso? Quando você ia me contar? — Samuca perguntou.

Sem responder, Glória olhou para o túnel acima deles. E abaixou a mão. O vidro derretido e a tempestade de areia desceram sobre eles como um canudo, como uma mangueira no vácuo.

Juntos, Samuca e Glória giraram para cima, lançados na escuridão entre os tempos.

E voaram.

Manuelito e Tisto desfizeram as formas de coruja e aterrissaram ao lado de Pedro. Uma dúzia de guerreiros astecas se aproximou com lentidão, cautela e curiosidade.

— Tenho que ir atrás deles — Pedro falou. — Se eles forem mortos…

— Você está ferido, irmão — Manuelito respondeu. — E você é jovem. Se for morto agora, sua morte será a morte deles também e de todos que salvaria. Você sabe disso. Você precisa se curar.

— Nós vamos atrás deles, tio — Tisto acrescentou. — Somos os ancestrais do sangue de Glória. Nós podemos encontrá-la.

— Mas vocês conseguem forçá-la a voltar para casa? — Pedro perguntou.

— E você consegue? — Tisto replicou.

Pedro concentrou-se no Samuca e na Glória caídos. Pinta estava enroscada sobre o ombro de Samuca.

— Os corpos deles não podem ser deixados. Devil não pode ter a chance de pegá-los.

A milhares de quilômetros e séculos de distância, a Sra. Devil enxugou os olhos. Ela não ria uma risada realmente profunda havia incontáveis anos. Recompondo-se, expirando e alisando a saia, ela se virou de volta para sua visão acima dos templos astecas. A noite foi completamente diferente de qualquer versão que ela já tinha visto antes.

E lá estavam eles. Os dos Milagres. Dois corpos caídos entre as formas arruinadas de centenas do exército improvisado dela. Ela havia feito o que homens em sua vida nunca haviam sido capazes de fazer. Ela se vingara. A cobra sobrevivente no braço de Samuca dos Milagres estava puxando contra o peso da carcaça do mestre. E aí apareceram de novo, acumulando-se dentro dela. Incontrolavelmente.

Risadas.

Ah, a indefesa cobra, condenada a apodrecer.

Virando-se, ela viu a fila do exército de homens, mulheres e criaturas ainda subindo da torre abaixo e passando pelo tanque preto, entrando como cascas secas e saindo com carne de água e uma nova vida.

— Eu quero os corpos! — ela ordenou.

Seu general sobrevivente, careca, largo e com cicatrizes, estava ajudando um minotauro de uma perna só a sair do tanque.

— O caminho foi destruído — ele respondeu. — Em sua fúria, Glória despedaçou o templo. O jardim do tempo está enterrado em destroços.

— Então, desenterre-o — a Sra. Devil ordenou. — Todos os meus urubus sobreviventes estão caçando os jovens dos Milagres na escuridão. Eles vão retornar em breve com a presa. Mas eu também quero os corpos dos dos Milagres mais velhos. Posso usá-los.

Mas ela já sabia que não poderia tê-los. Os astecas não estavam mais atacando. E, sem essa distração, o Tiempo jovem e ferido estava cuidando dos caídos. Ele jamais seria tolo o bastante para deixar os corpos para ela. O jovem curandeiro e viajante-dos-sonhos também estava com ele. O mais velho, o responsável por dar a Samuca os seus braços, tinha voado para a escuridão entre os tempos, juntando-se à caçada.

Talvez ela ainda conseguisse ter os jovens dos Milagres como troféus, o par que havia derrotado o El Abutre e até as Tzitzimime, mas que havia matado a si mesmo no lugar dela pela própria ignorância arrogante. Eles estavam perseguindo o moribundo El Terremoto na escuridão. Ele não havia durado tanto quanto ela gostaria, mas, com os dos Milagres mais velhos já mortos, o garoto já tinha mais do que cumprido seu propósito.

Ter conseguido testemunhar as expressões chocadas nos rostos de Samuca e de Glória, a dor deles, o momento exato de sua morte… O diafragma dela tremeu mais uma vez. Ela mordeu o lábio e sorriu, mas os tremores aumentaram e ela cedeu com alegria.

E gargalhadas.

Debatendo-se na escuridão, Samuca não conseguia diferenciar o que era a parte de cima ou de baixo. Mas a fricção oleosa contra seu rosto suado lhe dizia que, aonde estivessem indo, ele e Glória estavam indo rapidamente.

— Eu gosto do chão — Samuca falou. Seu estômago inquieto se revirou. Sua voz parecia pequena no vasto vazio.

Glória não respondeu. Mas o pé dela bateu na canela dele. E ela estava respirando alto.

Samuca sentiu Pati passar por seu corpo, procurando Pinta. *Vive.*

A ordem subiu pelo braço esquerdo. Ele jamais havia sentido nada assim de Pati antes. E de novo:

Vive!

Mas a cascavel de escamas rosadas sem vida não obedecia; a alegria dele, a distração, os tremeliques, tudo havia sumido. O braço direito de Samuca parecia lama, com ossos raspando por dentro como dentes velhos. Ele tentou não pensar sobre isso. Não havia motivo agora. Pinta ainda estava preso a ele. Ainda estava morno. Talvez ele ainda acordasse. Talvez Pedro soubesse.

— Confere o relógio — Glória falou na escuridão.

— Acho que isso não foi inteligente — Samuca falou. — Pedro...

— Pedro deveria ter falado conosco, deveria ter nos avisado — Glória bufou.

— Ele avisou — Samuca respondeu. — Avisou os nós mais velhos.

— Confere o relógio — ela repetiu.

— Eu gosto do chão — Samuca repetiu. — Deveríamos achar o fundo. Eu queria ainda ter a moto.

— Pedro se move assim. El Abutre se movia assim. Nós também conseguimos.

Samuca olhou para baixo, para o cinto, e então riu de surpresa. O relógio não estava apenas apontando para a frente, esticando a corrente curta, mas também estava brilhando. Fracamente, mas, nessa escuridão completa, era como uma lua dourada.

— Você tem alguma noção de onde estamos? — Samuca perguntou.

— Não muito, mas não preciso. Olha.

Na escuridão adiante deles, fracamente demais para estimar uma distância, um grupo de luzes minúsculas como vagalumes piscava, entrando e saindo da vista. Seis luzes.

— Os outros relógios também estão brilhando — Glória disse. — Aonde eles forem, nós seguimos.

Rhonda sentiu o corpo de Alex enrijecer e então ele levantou a cabeça, seu rosto brilhando sob as luzes dos relógios.

— Eu morri? — A voz dele mal chegava a um murmúrio.

— Não — Rhonda sussurrou. Ela tinha certeza de que eles estavam sendo seguidos. Os olhos dela ficavam pulando para figuras escuras na escuridão. Cada mudança de cheiro e textura fazia o coração dela disparar. — Você levou um tiro no pescoço.

—– Eu vi meus pais? — ele sibilou.

— Talvez nos seus sonhos.

— Braços de cobra. Mulher com areia.

— Sim, eles estavam lá. E eram doidos. Aí versões mais novas apareceram e as outras versões morreram.

Alex grunhiu e então moveu seu peso flutuante, tentando se balançar para a frente contra as correntes dos relógios.

— Morreram? — ele ofegou.

— Sim. Os mais velhos.

Ele estendeu a mão para os relógios.

— Tenho que voltar.

Rhonda segurou os braços dele.

— Não! Vamos para Paris. Aí vamos achar um hospital. Depois disso… tanto faz.

Um grito perfurou a escuridão à esquerda deles. Outro à direita. Abaixo. Acima. Uma forma pesada bateu contra as pernas de Rhonda. Penas fétidas bateram contra o rosto dela.

O primeiro urubu atingiu Samuca bem no peito com garras pesadas e rasgou sua pele. Ele girou sobre as costas e soltou Glória por um momento. Pati atacou para cima na escuridão, batendo o punho esquerdo dele contra uma cara enorme e com bico. Ela atacou de novo para a esquerda e algo podre gritou no ouvido dele quando Pati arrancou um punhado de penas.

E então garras se enfiaram no ombro direito dele. Ele não tinha defesa alguma daquele lado, sem Pinta para atacar no escuro.

— Glória! — Samuca gritou. E, abaixo dele, a escuridão entre os tempos abriu um rasgo para a realidade com um estouro como de trovão. Glória estava a apenas seis metros, com o cabelo batendo ao vento e uma longa lâmina de vidro na mão. Ela tinha rasgado a escuridão. Eles estavam entrando no tempo de novo. Escapando, talvez. Caindo, com certeza.

Ar frio engolfou Samuca, livrando-o das garras. Uma lua. Luzes de cidade longe abaixo dele. Estavam a centenas de metros de altura. E pelo menos uma dúzia de urubus de duas cabeças mergulhavam atrás dele. A lâmina de Glória brilhou como um relâmpago, e um urubu caiu em duas metades. Outro perdeu uma asa e aí os urubus se espalharam para evitar os golpes dela.

O rasgo escuro no céu do qual eles caíram estava encolhendo à distância rapidamente, mas Samuca viu, sob o luar, mais três figuras emergirem do buraco. Uma coruja enorme, tão imaterial quanto uma nuvem, com asas largas feito velas de navio, e o herdeiro de Abutre (o filho dele?) flutuando com os seis relógios e uma garota agarrados nele.

Glória estava gritando e Samuca virou sobre a barriga para tentar se aproximar dela. Abaixo dele, viu a torre Eiffel e uma rede ampla de ruas parisienses iluminadas.

Eles ainda estavam bem alto, mas Glória precisaria desacelerá-los a tempo e logo.

— Glória! — Samuca gritou de novo. Ele conseguiu girar para mais perto dela. Ela olhou para ele e assentiu. Ele estava perto o bastante para ela envolver os dois em vidro ou abrir outra porta para a escuridão fora do tempo. O vento estava forçando lágrimas dos olhos de Samuca e as arrastando por sua testa. Parecia que suas narinas iam cair do rosto. E seu peito e ombros estavam queimando. Ele rolou sobre as costas e deixou os olhos fechados por um momento. Não estava preocupado. Pelo menos, não ainda. Ele estava com Glória.

Ele abriu os olhos bem a tempo de ver um urubu mergulhar, passando por eles. A foice de Glória raspou nas penas da cauda. Abaixando a cabeça para mergulhar, ela o seguiu. Quando a grande ave passou por baixo dos dois, ela ergueu a lâmina.

O urubu bateu as asas subitamente, colidindo com o rosto de Glória, empurrando a cabeça dela para trás com um impacto capaz de quebrar ossos.

A foice de vidro desapareceu.

— Não! — Samuca gritou, mas sua voz foi engolida pelo vento.

O corpo inconsciente de Glória girou no ar, deixando um rastro de areia preta saindo da mão como fumaça.

Samuca tentou nadar pelo ar até ela, mas seu braço direito era inútil. E Glória estava caindo mais rápido agora.

Os urubus restantes estavam assistindo agora, circundando, esperando pelo fim.

A enorme coruja nebulosa rasgou por entre as aves pesadas. Esticando suas enormes garras, agarrou Samuca pelo peito e tentou puxá-lo.

Samuca desacelerou um pouco, mas aí atravessou a grande pata como se não fosse nada além de vapor. A ave segurou Glória com os dois pés, mas ela também se soltou.

Repetidas vezes, a coruja tentou desacelerá-los enquanto as aves carniceiras assistiam, mas não estava funcionando.

Uma paz fria veio sobre Samuca.

Ele já tinha morrido antes. Sabia o que estava vindo.

A coruja nebulosa passou por eles e bateu as asas. Samuca e Glória atravessaram suas asas. Nem doeu.

Samuca olhou para baixo e então desviou rapidamente o olhar quando o terror o segurou com mais firmeza do que a coruja.

Mas ele atravessou essas garras também. Não. Ele não teria medo do fim. Flutuando até Glória, ele a segurou com a mão esquerda e a puxou para perto. Os olhos dela se abriram lentamente e ela fitou Samuca com olhos cheios de medo. O pescoço dela estava quebrado. Seu corpo estava tão flácido e inútil quanto o braço direito de Samuca.

Samuca a segurou com toda a firmeza que conseguiu. Não havia mais ninguém que ele amasse mais.

A coruja mergulhou ao lado deles, não mais enorme e fantasmagórica. Real e com penas, mas pequena demais para ajudar.

— Obrigado, M! Por tentar! — Samuca gritou.

E então, até a coruja decolou. Samuca sabia que o fim estava a apenas alguns segundos. Fechando os olhos, ele pressionou os lábios contra a cabeça de Glória e sussurrou palavras que somente Deus pôde ouvir.

Na cidade abaixo deles, um garoto estava esperando em um ponto muito específico em uma rua de pedras específica, um garoto que Samuca e Glória já tinham visto antes, um garoto chamado Espectro.

Quando Rhonda e Alex aterrissaram na rua e os relógios ficaram inertes ao redor deles, Rhonda arrastou Alex para fora da pista e o sentou com as costas sobre um poste. Carros parisienses buzinavam passando por eles e ela olhou ao redor procurando ajuda. Bicicletas. Pedestres.

— Ei! Alguém aqui fala inglês? — ela gritou. — Precisamos de um hospital.

Ninguém parou. Algo mais trágico estava acontecendo no fim da quadra. Sirenes estavam berrando. Luzes de polícia piscavam.

Seria lá onde os outros dois teriam aterrissado. Ela viu tudo acontecendo e não queria jamais pensar sobre isso de novo.

Um homem alto com pernas longas estava caminhando em direção a ela entre o tráfego, costurando os carrinhos como se nenhum deles pudesse tocá-lo, ignorando as buzinas e xingamentos dos motoristas.

Ele usava botas até os joelhos, colares sobre o peito, e seu cabelo preto estava amarrado para trás com uma bandana vermelho-sangue. Ela o tinha visto na luta. Era ele quem conseguia se transformar em coruja.

O rosto dele estava firme com fúria, e ele carregava uma longa faca na mão. Seus olhos estavam travados em Alex.

Rhonda pulou na frente dele e levantou as mãos.

— Ele precisa de um médico.

O homem a empurrou para o lado e se agachou de frente para Alex.

— Eu sou um médico, mas não posso curar o mal que vocês causaram ao mundo. — Ele rasgou o colete e a camisa de Alex e, com a mão esquerda, segurou todas as sete correntes de ouro onde entravam no peito. Então, levantou a faca. — Isso vai doer.

— Socorro! Alguém ajuda! — Rhonda gritou. Pedestres pararam e, quando viram a faca, todos começaram a gritar também. Muitos gritos, mas ninguém parecia querer intervir.

— Espera — Alex sussurrou. — Meus pais.

— Mortos — Manuelito respondeu. — Assim como você em breve estará.

— Você estava lá — Alex disse. — Coruja. Na minha casa. Quando Devil… quando ela… me deu isso. — Ele olhou para as correntes no peito. — Me leva de volta para lá.

— Essas correntes prendem sua alma em todos os tempos — Manuelito falou. — Você sabia que elas eram do El Abutre. Você sabia que Devil era uma bruxa. E você as recebeu, como um tolo.

— Me leva de volta para casa — Alex falou. — 1982. Por favor.

— Eu já estou lá. E você também. Você vai morrer.

— É, eu sei — Alex ofegou. — Me leva lá perto. Mas pela escuridão. Pode fazer isso?

14

Uma morte bem morrida

Às 7h43 da noite de 18 de dezembro de 1982, no frígido ar fora da casa geminada cor de mostarda, preso numa coluna gelada de neve com sua vizinha Rhonda, e banhado pela luz inconstante verde e azul que cercava o arco no ar, Alex deu um passo para trás, levantando um braço para proteger os olhos.

— Como meu pai morreu? — Alex perguntou.

— Você quer sua herança? — o jovem com os olhos líquidos perguntou.

— Claro. Quero — Alex respondeu. — Mas primeiro me fala como meu pai morreu.

Dois homens saíram do arco e moveram suas tochas pelas paredes de neve inquieta. Instantaneamente, o cilindro se desfez, e o ar frio afiado banhou Alex, beliscando-lhe a pele.

— Ele escolheu! — o jovem gritou e se virou para trás, sorrindo, com olhos líquidos dançando sob a luz das tochas. — Os guardiões dele virão agora. Envie os caçadores!

Cipião assobiou em direção ao arco, e duas criaturas aladas e deformadas saíram aos trancos da escuridão.

Rhonda gritou.

Eram urubus de duas cabeças, com braços humanos nus visíveis nas asas e dedos dobrados entre penas pretas. As criaturas pularam, batendo as asas, e o fedor delas empurrou Alex para trás.

— O que tá acontecendo? — ele perguntou. — O que…

Uma mulher baixa e gorda pisou sobre a calçada, usando um vestido preto que se estendia até ao chão, com a cintura alta amarrada firmemente, e, logo abaixo do queixo rechonchudo, renda envolvia seu pescoço, presa com um broche de urubu de duas cabeças. Ela estava segurando uma fina lança de ouro com uma ponta farpada e letal. Sete finas correntes de ouro balançavam da ponta até o punho dela. E, logo abaixo de sua mão, seis relógios estavam balançando.

— Sra. Devil. — Alex arquejou. A mulher por trás de El Abutre. Segurando Rhonda, Alex escorregou virando-se, incapaz de correr.

Através do arco, emergindo da escuridão atrás da Sra. Devil, ele viu o próprio Abutre. Bem mais alto que a mulher gorducha, com a barba preta pontuda e o largo casaco de búfalo. Mas o arquiforagido estava ferido, pálido e ensanguentado, apoiando-se sobre…

Rhonda?

Alex sentiu algo gelado tremer dentro dele ao ver o homem. Seu coração pulou e se apertou.

A Sra. Devil deu um passo à frente, erguendo a lança dourada e mirando diretamente no peito de Alex.

E então uma arma disparou e a Sra. Devil tropeçou. Sangue escorreu da camisa dela e então gotejou da boca. Sua lança quicou no chão gelado e, de uma vez, ela caiu aos pés de Alex.

Os generais de olhos líquidos correram em direção a ela, e a arma disparou da escuridão mais duas vezes. Os dois homens caíram e dos ferimentos deles escorreu água, em vez de sangue.

Não era o homem atirando. Ele estava em pé, mas morto. A Rhonda mais velha era quem estava com a arma nas mãos.

Ao ver sua versão mais velha, a Rhonda jovem gritou de dor e caiu de joelhos.

O grande homem no casaco de búfalo tropeçou para fora da escuridão e caiu na neve. Morto.

A Rhonda mais velha estava em pé sozinha, na escuridão entre os tempos, enquanto a abertura se fechava. Assim que o portal curvo se fechou, o par de urubus hediondos pulou para cima dela.

Mais dois tiros. Um terceiro. E a abertura sumiu. A noite de inverno era a mesma de novo.

Ao lado de Alex, a Rhonda jovem arquejou, inspirando fortemente.

A porta para a casa geminada se abriu de uma vez e gritos adultos de preocupação preencheram a rua. Alex não ouviu nada disso. Mas ele ouviu as sirenes distantes.

Inclinando-se para a frente, ele desprendeu as sete correntes da vara dourada da Sra. Devil. E ele puxou os relógios para si, com os olhos no corpo com o casaco de búfalo.

De alguma forma, ele sabia que não estava olhando para Abutre. Memórias estranhas chacoalharam em seu crânio e, fosse devido à adrenalina, ao medo ou à surpresa, o interior dele — sua alma — o fez sentir como se estivesse transbordando. Na maior parte, com alívio. A mulher gorducha quase tinha feito espetinho com ele com aquela lança. As correntes de relógio estariam dentro dele. Se não tivesse sido por aquela Rhonda mais velha…

Levantando a mão, ele tocou na garganta, meio que esperando encontrar um ferimento de bala.

Sua barba coçava, ou alguma parte da sua mente achava isso, e ele coçou o queixo. Mas nem tinha muita penugem ainda.

Os vizinhos saíram por cada uma das portas da rua. Alguns empunhavam espingardas.

Os pais de Rhonda já a haviam colocado de pé.

Mila e Judá estavam arrastando-o para longe dos corpos. Ele conseguiu colocar os relógios no bolso. Se eles os viram, não disseram nada.

Às 8h32 da noite de 7 de dezembro de 1970, Samuca e Glória estavam do lado de fora de uma grande casa coberta de gordas luzes de Natal, que eles tinham adotado como lar. Conseguiam ouvir as risadas lá dentro. Glória pegou a mão do marido, palma com palma, as pontas dos dedos dela mal alcançando as escamas dele.

As respirações de ambos se misturavam numa única nuvem iluminada de laranja, vermelho e verde pelas luzes piscando atrás deles.

— Tô enjoada — Glória falou e apoiou a cabeça sobre o ombro de Samuca. — Quase tonta. Como se estivéssemos caindo em algo que não podemos controlar. — Pinta esfregou o braço dele sobre o dela como sempre fazia, como um gato precisando de ser coçado.

Samuca assentiu, conferindo o relógio de ouro com a corrente quebrada que ele tinha prendido ao cinto.

— E eu tô velho. Aonde estamos indo?

— França. 1914.

— Minha nossa.

— É. Minha nossa.

Vento varreu a rua na frente deles e uma camada dançante de areia caiu sobre o gelo.

Um jovem padre mancou até eles.

— Pedro? — Samuca perguntou.

O padre assentiu. Ele apresentava a mesma idade que tinha quando estava lá dentro, enviando-os para esta exata missão. Mas agora estava ferido. Muito.

— Você tá bem? — Glória perguntou.

— Vou me curar — Pedro falou. — Me perdoem. Vocês dois. Mas vocês não podem ir. E não podem ficar.

— Mas e Alex? E Devil? — Glória perguntou.

— Alex e a vizinha dele a mataram — Pedro respondeu. — Eles tomaram os relógios. Ela era a última do seu povo, a última da linhagem, e, depois dela, não haverá mais ninguém. Mas, se vocês ficarem aqui, Alex jamais vai derrotá-la. Os relógios e jardins continuarão sendo dela. Ela criará herdeiros para si própria e para Abutre.

— Que é que você tá falando? — Glória perguntou.

— Estou falando… — Pedro pausou. — Estou falando que Mila e Judá vão amar seu filho e vão criá-lo bem. Vocês devem lhes confiar a infância dele.

— O quê?! — Glória derrubou o queixo diante de Pedro e então olhou para a casa. — Não posso fazer isso! Não posso!

— Doze anos — Pedro disse. — Vão até ele depois dessa vitória. 1982. Ele precisará de vocês nessa época, de formas que Mila e Judá não podem ajudá-lo. Ele caminhou pelo caminho dos vilões, mas se tornou um herói no fim. Ele está

com os relógios e eles tocaram sua alma para sempre. Ele deve aprender a caminhar na escuridão entre os tempos e empunhar o poder sem fúria. Se vocês ficarem aqui agora, ele sempre será seu filho. Um garoto para amar e proteger. E a vitória continuará incerta.

Glória olhou para a porta da frente. Lágrimas rolaram sobre suas bochechas frias, e ela cobriu a boca com as mãos. Samuca passou o braço sobre os ombros dela.

— Doze anos? As primeiras palavras dele? Ele aprendendo a ler? Ele só teve um corte de cabelo!

— Tá tudo bem — Samuca falou. — Vai ficar tudo bem. Podemos vê-lo agora?

— Ele é alto — Pedro respondeu. — Quieto, mas forte. Um sonhador. Um filho melhor do que qualquer um de vocês merece. E conheceu uma garota.

— Se você estiver errado, Pedro Atsa Tiempo, vai ver só — Glória disse. — Eu vou acabar com sua vida.

Pedro sorriu.

— Não estou errado. E você já não acabou com minha vida uma dúzia de vezes?

EPÍLOGO

Alexandre dos Milagres estava olhando para o reflexo no espelho do armário. Luzes claras da manhã entravam pela janela, bacon estava fritando na cozinha e Rhonda estava na porta dele, observando-o. O quarto estava exatamente como antes do Natal, mas havia livros novos empilhados sobre a escrivaninha e, pendurada ao lado do velho calendário de Tolkien na parede, havia uma pena de coruja e uma grande foto em preto e branco de Manuelito, o último chefe livre dos navajo.

Alex encolheu os ombros. O casaco de búfalo era enorme. Largo. Pesado.

— Você não pode ir com isso para a escola — Rhonda falou. — O pessoal vai te crucificar.

— Acha que eu ligo? — Alex respondeu.

— Eu acho que a gente deveria enterrar isso. Fazer um funeral. Falar algo legal e colocar esse pobre animal debaixo da terra.

Alex se virou e caminhou para a janela alta, olhando para fora.

— Por que eu faria isso? Está tudo nos meus sonhos. Você já leu os livros do meu pai? Está neles, também.

— Sim, está lá, mas a coisa dos sonhos é estranha. Eu não entendo como você pode gostar deles. Todos os meus são horripilantes, os piores pesadelos que já tive, e eu sempre acabo sozinha no escuro, atacada por aves enormes de duas cabeças.

O coração de Alex praticamente parou. Duas pessoas estavam caminhando para a calçada da frente. Estavam de braços dados.

Uma delas definitivamente tinha cabeças de cobra nas costas das mãos.

A outra era uma mulher com cabelo branco e pele lisa, salpicada com sardas. Ela olhou diretamente para ele e os olhos dela subitamente eram os mais brilhantes que ele já tinha visto.

E então ele viu a própria mãe sorrir.

AGRADECIMENTOS

A Claudia, por encorajar a mim (e a Samuca e a Glória).
A Lucia, por todas as leituras.
A Heather, por um ano zen.
À equipe cirúrgica do USC, pelo corte mental bem rente.
A Steve, por partir.
A Deus, por curar.

Este livro foi impresso pela Vozes para a Thomas Nelson Brasil em 2023. A fonte usada no miolo é Granjon 12. O papel do miolo é Avena 80g/m².